中世纪星空下

包慧怡
——著——

译林出版社

图书在版编目（CIP）数据

中世纪星空下 / 包慧怡著. -- 南京 ： 译林出版社，2025. 8. -- ISBN 978-7-5753-0332-3

Ⅰ. I267

中国国家版本馆 CIP 数据核字第 2024XE6948 号

中世纪星空下　　包慧怡 / 著

责任编辑　鲍迎迎
装帧设计　韦　枫
校　　对　王　敏
责任印制　颜　亮

出版发行　译林出版社
地　　址　南京市湖南路 1 号 A 楼
邮　　箱　yilin@yilin.com
网　　址　www.yilin.com
市场热线　025-86633278
排　　版　南京新华丰制版有限公司
印　　刷　苏州市越洋印刷有限公司
开　　本　787 毫米 ×1092 毫米　1/32
印　　张　10.375
插　　页　4
版　　次　2025 年 8 月第 1 版
印　　次　2025 年 8 月第 1 次印刷
书　　号　ISBN 978-7-5753-0332-3
定　　价　68.00 元

目录

第三辑　地图之外的地方

体例说明

如无特殊说明，本书中的中世纪文本（散文或韵文）均由作者从原文（中古英语、古英语、拉丁文等）直接译出。独立成段引用的诗歌单独标出译者。

为阅读体验流畅起见，本书注释从简，书末单独列出每一辑涉及的参考文献。详细注释信息可查阅初次发表时的刊物（见书末）。

第一辑

羊皮上的普林尼

集合吧!

动物寓言集

蝙蝠由鸟和鼠结合而成，靠吃灰尘和蛛网维生，午夜时分把无羽的翅膀借给魔法师，好让他们赶赴魔鬼集会时免于迟到；鸵鸟用目光孵蛋，终日望天，象征超越世俗牵挂而一心渴求天堂的贤者，是人类僧侣的楷模；松鼠是一种“小林猴”，红棕色皮毛暗示其为犹大的亲族，贮存过多食物又记不住地点，是贪婪和愚痴的化身；海豹皮能防雷电，却是撒旦的造物，听见海豹叫意味着死期将至。这些知识既非来自达尔文的《物种起源》，也不出自《集合吧！动物森友会》中的猫头鹰馆长，而是欧洲中世纪动物寓言集里司空见惯的“事实”。

动物寓言集（bestiary）又称“动物书”（book of beasts），

《阿伯丁动物寓言集》中的蝙蝠

是中世纪盛期和晚期平信徒文学中一种重要但长期不受关注的特殊书籍。彩绘动物寓言集将自然史、博物志、寓意解经等文类糅为一体，辅以鲜活生动的图像，是进入中世纪人思维方式和认知体系的一把重要钥匙。作为一种图文互释的书籍，动物寓言集的文字写作意图并非“如实”记载自然法则，其图像绘制意图也不在模仿动物在自然界中的形态。“动物书”中的真相并不来自田野观察（虽然中世纪人在这方面并不比现代人逊色），而来自沉思；其绘画风格较少关乎个人天赋，较多依靠约定俗成。这种以寓言为书写机制，以道德训诫为首要目的、图文有机结合的华丽作品是中世纪欧洲最受欢迎的书籍形式之一。恰如12世纪法国修士弗伊洛的休（Hugh of Fouilloy）在拉丁文《鸟类书》（*Avarium*）的序言中所言，他决心要“用图画来启蒙头脑简单的人的心智，因为那些几乎无法用心灵之眼看到的事物，他们至少可以用肉体之眼看到”。对于大多不识字的平信徒，就像翁贝托·埃柯说的，“图像是平信徒的文学（literatura laicorum）”。

不妨先来看一下动物在中世纪人宇宙观中的地位。动物被称作中世纪“无处不在的他者”。一种始于亚里士多德而盛行于整个中世纪、影响直达启蒙时代及之后的赋予宇宙以结构的譬喻，将从灰尘到神的万事万物都不间断地串联起来，那就是“存在之巨链”或称“自然之梯”（scala naturae）。基于充盈性、连续性和递进性这三大原则，“存在之巨链”为宇宙中的一切造物安排了恰如其分的位置，默认能够存在的一切都已经存在，各自按其属性从高到低紧密排列在一条观念的锁链上，而“大自然不会跳步走路”（Natura non facit saltum）。

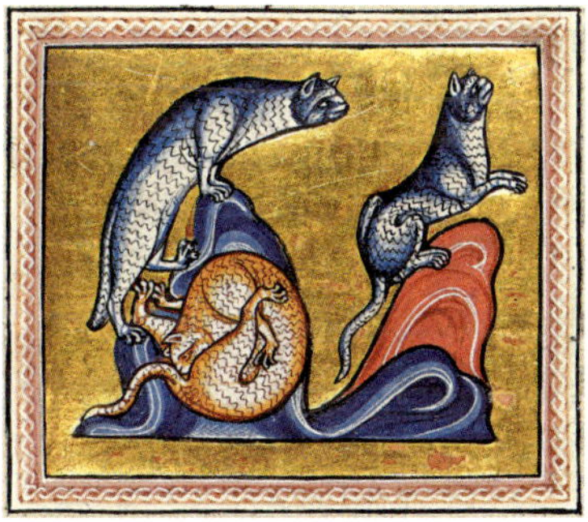

《阿伯丁动物寓言集》中的三只小猫

《沃克索普动物寓言集》中的猫和老鼠

这种等级完备的谱系学非常贴合中世纪人深信神造的一切都已

各就各位的心理需求，同时还串联起微观和宏观两种思维模式：微观上，锁链或阶梯上相邻的两者间互相依存，差异甚小（甚至可以忽略不计）；宏观上，神圣者、人类、动物、植物、矿物等大类之间的分界真实不虚——动物的地位居中，与植物的区别在于其有生命，与人类的区别在于其有感受力和欲望，却缺乏人类的理性。亚里士多德《动物史》（*Historia Animalium*）里的看法对上述中世纪动物观产生了深远影响："整个［植物］界与其他物体相比，或多或少总显得有生命，但与动物界相比却显得没有生命。从植物到动物的变化是连续不断的。"这种观点实际上在中世纪依然十分普遍。以动物界为中位，巨链向下串起动物和植物的关系——正如我们在动物寓言集和草药书中有时能看见非常相似的对其物理属性或生命秉性的描述。部分植物被描绘成具有动物的感受力，甚至以动物的方式繁殖（比如寓言集中常见的"绵羊树"）；向上则串起动物和人类的关系，在寓言集中表现为：动物的行为习惯是人类道德境界的不完全的缩影（猿猴是这方面的典范），或是《圣经》中所记载的神学事件的一个苍白的预表。

这就将我们的目光引到动物书这种文类的起源。如前所述，中世纪动物寓言集的图文很少是田野观察或者日常经验

“自然之梯”，1305 年抄本

的产物，而是基于已有的权威性文本的编纂，直接源头往往是更古老的抄本，即乔叟所谓的“古书”（olde boke）。对动物寓言集的作者们而言，核心的四部古书来源是:《圣经》经文，公元 1 世纪老普林尼的拉丁文《自然史》（*Naturalis Historia*），公元 2 至 4 世纪之间匿名氏以希腊文写就的《自然哲学》（*Physiologus*），伊西多尔主教的拉丁文《词源学》（*Etymologiae*），其中最重要的源文本是《自然哲学》。《自然哲学》（也译作《博物论》）是英语学界通行的意译，physiologus 一词在当时的语境中与现代意义上的生理学（physiology）无关。这本可能写于亚历山大里亚的文集糅合了印度、埃及、希伯来文化中的动物传说，很早就被译为拉丁文和阿拉伯文，在 9 世纪的英格兰已有古英语译本。这是一部关于自然界造物及其道德寓意的包罗万象的训谕作品，有多个版本流传，较长的版本在动物之外还收录部分植物和矿物，其中在中世纪最受欢迎的版本是归于 11 世纪卡西诺山修道院院长西奥巴德名下的所谓《西奥巴德的自然哲学》，其中描述了至少 12 种动物的习性和寓意。到了 12 世纪之后，直接受其影响而写就的动物寓言集中收录的动物增加到了一百种左右，现藏牛津大学博德利图书馆的 Bodley 764 拉丁文抄本就是一个华美的范本（Bodleian Library MS Bodley 764，下文简称抄本 764）。

抄本 764 绘制于 13 世纪中叶的英国，图像上，它用更丰富的色彩取代了更早的英国动物寓言集中大面积使用的金饰，造型上，也由哥特风格转入一种更为流畅生动的自然主义风格。文本上，它最重要和直接的“古书”源头除了早期动物寓言集外，还包括拉贝努斯·毛鲁斯（Rabanus Maurus）的 9 世纪作品《物性论》（*De Rerum Naturi*）和威尔士的杰拉德（Gerald of Wales）的 12 世纪作品《海波尼亚地形志》（*Topographia Hibernica*），后者为该抄本增添了一些不曾见于英国抄本的爱尔兰动物的条目，比如獾和黑雁。遵循早期动物寓言集的书写传统，抄本 764 对动物进行了兽类、鸟类、蛇类和鱼类的划分，并同等地将自然界中常见的动物以及传说幻想中的生物（独角兽、鹰头狮、凤凰只是其中最著名的例子）作为宇宙的一部分来考察，也不加区别地援引生物知识、《圣经》原文或教父作品来阐释动物的行为模式。在这种思维模式下，会将鲜血洒在死去幼鸟身上的鹈鹕，是牺牲自我以拯救人类的基督的象征；而模仿人类各种活动的猿猴，正如别称“上帝之猿”（simius dei）的撒旦拙劣地模仿神的事工，是行走在此世间的一群小魔鬼。

许多中世纪人相信猴子擅长模仿人类，其心情和行为受月相影响——月盈猴喜，月亏猴悲——并由此发展出一套关于猴子具有双重性格的理论。倘若一只母猴生了双胞胎，人们相信它会偏爱其中一只而憎恨另一只，当她被狩猎者追捕逃命时，就把偏爱的小猴抱在怀里，把不受待见的小猴扛在背上——体力不支时，怀里的宠儿往往会摔落在地，背上那只紧紧抓住母猴的猴崽反而死里逃生。9世纪爱尔兰神学家埃里金纳认为，母猴的这种行为模式是人类习性的一则寓言：怀里的小猴代表世俗快乐，越想抓越抓不住，背上的小猴代表精神美德，紧要关头不离不弃。在埃里金纳看来，“世界是一场盛大的神显”，所有动物的形象都是“上帝之指”在尘世所写的巨书中的范例。在动物寓言集之外，“偏袒的母猴”也是时辰书、颂诗集等中世纪抄本的页缘画（marginalia）中备受欢迎的主题。

作为现存插图最完整的产于英格兰的动物寓言集之一，

抄本 764 中“偏袒的母猴”

抄本 764 中“猴”的条目下以拉丁文白纸黑字写着：“猴和猿的唯一区别在于猴有尾巴。”若以这条标准看，出现在大部分页缘的猴子形象实际上是猿。在对林奈分类法一无所知的中世纪动物图鉴中，两者常被当作同一种动物对待，包括狒狒也是。抄本 764 对狒狒的记载是：“它们常见于埃塞俄比亚，跳得非常远，咬起人来毫不留情，永远无法被驯服，野性十足。”埃塞俄比亚对大多数中世纪英国人来说是不可能涉足的荒蛮之地，而将传说与经验、书本知识与观察所得当作同一类事实并置，这是典型中世纪博物志的写作方法。类似地，抄本 764 还指出拉丁文“猿猴”（simius）的希腊词源意为“鼻孔挤在一起”（虽然伊西多尔的《词源学》认为这个词源于“模仿”一词，该解释很可能更接近真相），并补充道：“它们的鼻孔确实挤在一起，面容可怕，充满褶皱，形如风箱；而且，母山羊也有一样的鼻孔。”且不论此处“而且”的行文逻辑，页缘装饰中猿猴的形象的确经常和山羊并肩出现，两者都被认为生性淫乱。比如在一张出自14世纪初尼德兰《马斯特里希特时辰书》的页缘画中，山羊背上的猴子骑士正向上方《阿塔纳修信经》中“完美的上帝，完美的人”（perfectus deo perfectus homo）这两行文字挥舞着剑和盾，猴子和山羊满脸戏谑和挑衅，对其理应提供图注的文本形成了反讽和颠

“猴子骑士”，《马斯特里希特时辰书》页缘

“吹小号的猴子”，同上

覆。许多彩绘动物寓言集都包含这种内在不稳定性：图像时常在读者预期能够更直观地传递文本所指、帮助强化训谕之处意外地削弱、质疑、胳肢着文本，令原本确凿的教义变得触痒不禁。这种文本与图像拔河角力，直至一方濒临瓦解的情况也造成了研究着力不均的困境。现代学者往往不是把寓言集或页缘画中的动物当作纯装饰作品来描述，就是将既定的宗教文本仅作为古文书学的训诂对象，而对图文之间危险而迷人的张力鲜有深入。

《自然哲学》的影响在一千多年后仍可以在诸多动物寓言集中找到，抄本 764 言必称"《自然哲学》的作者曾说……"，仿佛千年的时间在奉行古书拜物教的中世纪人和他们的羊皮卷上不过是流光一瞬，不会改变人们对任何重要事理的认识。关于"上帝之猿"，该抄本写道："猿没有尾巴。魔鬼与之同形，有头，但没有尾巴……魔鬼起先是栖居于天堂的天使之一，却因为虚伪和欺诈失去了尾巴。"在诸多中世纪抄本页缘，化身为猿猴的魔鬼成了尘世的弄臣、塔罗牌中的愚人、激怒《玫瑰之名》中盲眼图书馆长的丑角、正统经文之畔翩翩起舞的挑衅者和勾引家。有时它们甚至无需借助文字的对照，便可直接从图像内部瓦解圣像学传统，比如《兰斯洛传奇》抄本

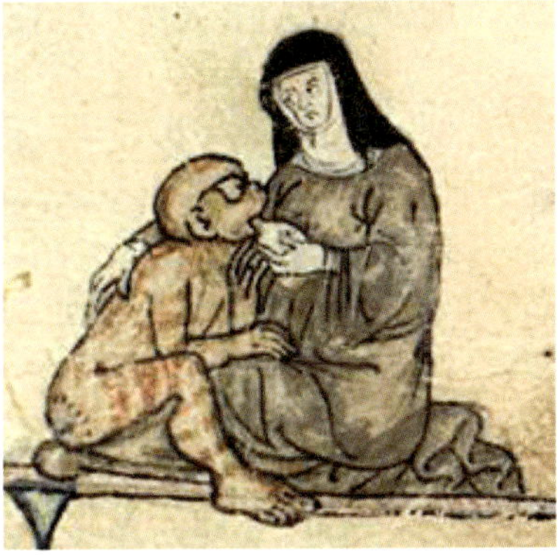

“为猴哺乳的修女”，《兰斯洛传奇》抄本

中，靠在修女怀中吮吸乳汁的公猴颠覆了“哺乳的圣处女”（virgo lactans）这个重要的基督教艺术形象，直接指向这位本应效仿圣母的修女可能犯下的肉欲之罪。

技艺、娱乐、劳作……有什么人类活动是猴子们不曾在手抄本页缘戏仿的？绘制于15世纪晚期的布鲁日、呈献给卡斯蒂利亚的伊莎贝拉一世的《伊莎贝拉祈祷书》是这类“群猴乱舞”抄本的一个精美范例。或许如图像学家迈克尔·卡米尔所言，“猿猴永远是一个符号，一种假扮成他者的符号”。而我们也不该忘记，一切手抄本页缘的动物或怪兽形象在中世纪都被统称为babuini（拉丁文）或babewyn（中古英语）——“像狒狒之物 / 属于猴子的”——那些在羊皮上劳作、奏乐、作战的页缘猴子，连同它们的全部闹剧、喜剧或悲剧，在中世纪读者眼中何尝不是这个被造的、远离了神意的尘世中人类处境的一种普遍隐喻？

动物寓言集中动物分类、物种起源和象征寓意的叙述，很大程度依赖词源学——确切地说是伪装成词源知识的类比和联想。这两种思维方式也是中世纪人心智大厦的两块重要基石。譬如，抄本 764 这样解释母猪名字的来源："母猪的拉丁文叫作 sus，是因为它'拱出'（subigat）食物来，也就是挖开土地觅食……它吸食秽物，在泥里打滚，弄得满身污水。"进而得出在道德寓意上贬损母猪的合理性："贺拉斯说它是'泥巴爱好者'。母猪象征有罪之人、不洁净之人和异教徒。"针对猫则说："这种动物被称为'捕鼠兽'，因为它杀老鼠，常用的名字是'猫'……猫（catus）是希腊词'狡猾'的意思。"在一本产自法国的动物寓言集中，作者却将猫的名字与清洁派（cathares）异端联想起来，得出"猫来自地狱，连夜从事异端活动，或者参加黑弥撒和魔法集会"的结论。老鼠没有被归入四足动物大类，更别提寓言集写作时代尚不存在的啮齿类，而是被大部分中世纪作者归入虫类，抄本 764 的解释是，它们"也诞生于土地中的湿气……肝脏随满月膨胀，随月亏萎缩"。14 世纪意大利方济各会修士鄂多立克游历亚洲归来后记载，印度的老鼠和狗一样大，并且大象畏惧老鼠——鄂多立克看见的或许是印度随处可见的象头神伽内什（Ganesh）端坐在老鼠宝座上的神像。这并不妨碍寓言集画家们经过进一步联想，将猫、鼠、象合并入互相追逐的画面中。更多时候，老鼠被画得与黄鼠狼、狐狸或水獭相差无几，我们只有凭借叼在它口中的奶酪或正在捕食它的猫来判断其“鼠性”。

启蒙时代以降的欧洲生物学家——林奈、拉马克、库维叶、达尔文只是其中的翘楚——带来了现代博物学方法和分类体系，却也促成了一批以实证主义为金科玉律的科学史家和科普作者对中世纪动物寓言集的严重误解。许多18或19世纪作者完全无视古典-中世纪“古书文化”的语境，仅以各自时代的

“纺纱的猴”，《伊莎贝拉祈祷书》页缘，现藏大英图书馆

“吹风笛的猴”，同上

“[疑似]玩游戏的猴”，同上

最新“写实”标准去诟病中世纪动物学，忘记了今日的“真实”亦可能成为明日的传说，今日的纲目也可能成为明日的史料。甚至到1962年，乔治·伯蒂与让·西奥多利德合著的《动物学史》中还有这样的文字：“一无建树的中世纪是个倒退的年代，特别在科学方面，中世纪动物学从古代保存并自行创造了大量荒诞不经的寓言，对经验和观察一无所知。”这番话表明作者并不理解历史为何物，恰如法国中世纪史家米歇尔·帕斯图罗所批判的，“思想史和文化史范畴内，‘科学正确’不仅可憎，也是许多混淆、错误、荒谬的源头”。对中世纪动物寓言集的创作者而言，类比与联想是人类的心灵向可见的尘世举起的一面镜子，并非为了忠

“捕鸟的猴”，同上

抄本 764 中直立行走的捕鼠猫

抄本 764 中的“泥巴爱好者”母猪

实制作万物的摹本，而是试图动态地映射出理解创世意图、升华读者精神之可能性的图样和纹路。图文互注的动物寓言集是一种承前启后、邀请我们参与阐释与扩写的、流动而开放的博物志，但若执意将它从中世纪书籍文化传统和思想背景中抽离出来解读，得到的却只能是一堆色彩艳丽的枯骨。

“挖掉他双眼”

中世纪护书诅咒

假如你在今天弄丢了大学图书馆的一册藏书，可能需要支付三到十倍书价的罚款；如果弄丢的是珍本，或是有意无意地一犯再犯，你可能会被管理员拉进黑名单，暂时或永久性丧失借书资格。仅此而已。但若你生活在古登堡建立印刷所之前的中世纪欧洲，你会发现后果要严峻得多。泥金彩绘手抄本是中世纪文化传承的主要物质载体，而制作手抄本又极其费财费力，以成书于八九世纪的爱尔兰国宝《凯尔经》（*Book of Kells*）为例，其书写材质（340 页对开牛皮纸）取自约 185 头小牛犊，由于缮写前须反复用青柠汁或粪水将牛皮泡软并以月刀去除毛根，若是制作时间紧张，这一数字可能

勃艮第公爵的缮写士让·米耶洛肖像，约 1461 年

激增至 1200 头。众多当代艺术家严格使用中世纪材料（浮石、鹅毛笔、矿物颜料、金箔）进行制书实验，发现完成一页繁复程度远不及《凯尔经》的抄本约需 50 小时，而手绘一页“圣名文织”（Chi-Rho）这样精彩绝伦的彩页大概需要一个月。考虑到依赖日光因而严重受制于天气的中世纪书写环境，以及缮写士（誊抄工）与绘经师之间的合作，整本书的制作用时可窥一斑。

手抄本不仅贵比真金，而且往往是某个修道院或其他社群阅读某部作品的唯一途径，是缮写士们几年甚至十几年伏案劳动的成果。丢失一本书不仅意味着物质财富的丧失，更意味着失去通往某种精神真理或世俗知识的独一无二的钥匙。因而你可以理解，为什么少量对公众开放的中世纪图书馆每个座位旁都垂着铁锁链，并且诸多手抄本的扉页上写有“护书诅咒”（book curse）短语或短诗，以至于几乎形成了一个独立的文学传统。比如完成于 12 世纪德国、今藏大英图书馆的《阿恩斯坦圣经》（*Arnstein Bible*，抄本编号 BL Harley MS 2798）的拉丁文护书诅咒是这样写的：“这本书属于阿恩斯坦的圣母玛利亚与尼古拉斯修道院：假如任何人偷走这本书，愿他死去，愿他在煎锅里烤焦，愿癫痫和热病击倒他，愿他在刑轮上转动，愿他被吊死。阿门。”类似地，一本制作于 14 世纪尼德兰的中古荷兰语百科全书《自然之花》（*Der Nature Bloeme*，抄本编号 BL Add MS 11390）在一个十字形状下抄有一段“护书死亡宣誓”，说明借书者已郑重起誓，一旦借书不还，其人就会死去；只有一位自称“助产妇”的女性借阅者勇敢地在下方签了字。“还书还是不还”变成了“生存还是毁灭”的问题。

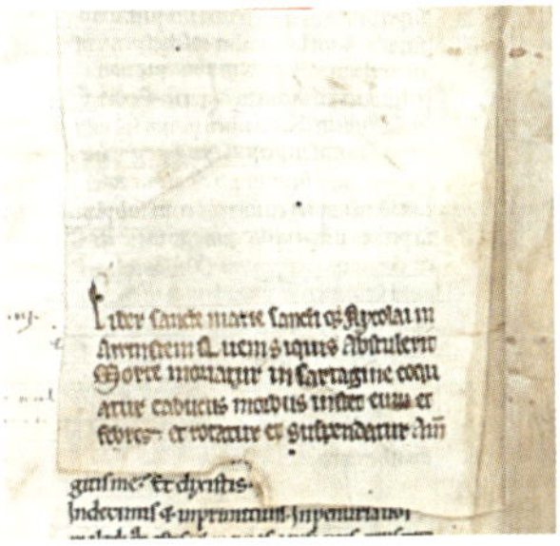

《阿恩斯坦圣经》护书诅咒页

《自然之花》中的死亡宣誓页

但中世纪缮写士或图书管理员能对潜在的孔乙己们发出的最可怕的诅咒并不是“愿他死去”，而是开除教籍或者是来世灵魂永困地狱的威胁。除了海量宣称窃书者将直接被开除教籍的护书诅咒，我们还能找到这个诗意盎然但效果类似的 13 世纪版本：“这本书属于罗切斯特修道院：任何人若是偷走它，藏匿它，私藏它，或损毁或刮掉或删除这条铭文，愿他的名字从生命之书中被删除。”（BL Royal MS 10 A XVI）或祈愿被窃的书能够自己向窃书贼复仇的版本：“凡是偷书或是借书不还的人，这本书会变成蛇啃噬你，并且你将患梅毒而痛苦地溃烂着死去，你的内脏将被书虫吞噬，来世你将受到地狱之火的折磨。”或这个描绘了地狱之罚并将窃书者比作犹大的 15 世纪版本：“这本书由约翰·维森斯泰德……赠予牛津的兄弟们，任何人若偷偷撕下或去除这条铭文，愿他（在地狱里）感受（魔鬼惩罚）犹大用的套索或大叉子！”（BL Royal MS 8 G X）禁止偷书人删掉“铭文”（即护书诅咒）这一信息的反复出现，暗示出这些现代人看来虚张声势的诅咒在中世纪具有实实在在的威慑力，有效到了时常有偷书贼想要删去它以逃脱诅咒的程度。

马克·德罗金出版于 1983 年的专题史《天谴！中世纪缮写士和护书诅咒的历史》（*Anathema! Medieval Scribes and the History of Book Curses*）中罗列了大量形形色色的护书诅咒，其中一些以短诗的形式出现，比如这首出现在林肯郡奥尔黛特教堂一本圣仪学抄本中的、简明有力的中古英语诅咒诗：“此书为一，基督之诅咒为二 / 带走一者，必带走二。”或这

①
②③

① 有罪的灵魂被推入“地狱之口”，《上帝之城》抄本
② 地狱之口，《上帝之城》抄本
③ 地狱之口，《克莱弗斯的凯瑟琳时辰书》

首出自收工的缮写士的怒气冲冲的诅咒诗:“此书已完成,安放于君前 / 谦卑缮写士,不欲做评判 / 若拿走此书,不管他是谁 / 愿他永不能,得见基督面 / 谁若胆包天,窃取本珍卷 / 愿他受诅咒,暴毙马路边 / 谁蠢蠢欲动,欲将此书窃 / 挖掉他双眼,挖掉他双眼!”另一些则带有显著地域色彩:“偷窃本书的人会在巴黎被绞死,如果没被绞死,他会淹死,如果没淹死,他会烧死,如果没烧死,他会遭受比上述更可怕的结局”;或“我起誓:谁若偷走这本祈祷书,愿他被野猪撕裂,愿他心脏被捣碎,愿他的身体沿着莱茵河被拖拽”。

假如你觉得这些血淋淋的护书诅咒不符合中世纪教会忍耐、宽恕、爱邻如己等普世伦理准则,想想缮写士们恶劣的工作环境(采光差、文具劣、容错率低、工时长、工资低或干脆没有)和他们为誊抄并装饰一册手抄本付出的艰辛努力,或许多少能理解他们为何选择了手中唯一的武器,即“词语”本身,来捍卫自己的劳动成果和所属社区的知识之源。

一位腰酸背痛的缮写士曾在页边信手涂下如下此句:“(誊抄)熄灭眼中之光,压弯背脊,挤碎内脏和肋骨,给肾脏带去剧痛,给整个身体带去疲惫。”有鉴于此,任何破坏书籍者,不仅仅是人类,都会遭到缮写士们的痛斥。比如以老鼠为代表的啮齿类动物，其危害不仅是叼走桌上的奶酪残渣那么简单，老鼠会啃坏珍贵的抄本，打翻墨水，污染书籍，吓到缮写士们并使其笔误——在羊皮或牛皮抄本上订正错误可不像今天用橡皮擦去除铅笔字迹，或用修正液涂去钢笔字迹那么便捷，矿物颜料制成的墨水一旦从羽毛笔尖端渗入纤维深处，必须用小刀刮去表层的墨迹，方可再用新的字迹覆盖。所以针对老鼠的“护书诅咒”同样层出不穷，比如一部今藏布拉格神父会博物馆的 12 世纪抄本中就画着缮写士希尔德伯特高举拳头赶老鼠的生动一幕，羊皮在他面前以（想象中的）福音圣兽狮子为支架的缮写台上摊开，上面的拉丁文诅咒大意为：最可恶的耗子，总是惹我冒火，愿上帝毁灭你！

诅咒老鼠的缮写士希尔德伯特

虽然中世纪修道院中常会养猫灭鼠，但猫自身也不是省油的灯，老鼠闯的一切祸猫都能闯，还可能在未完成的抄本上留下沾满墨水的脚印。一位在 1420 年工作的荷兰缮写士发现自己抄了一半的羊皮夜里被猫尿了，只好把剩下的半页留空，画上一只猫咪和两根直指尿渍的手指，添上这段针对全体猫儿的马后炮护书诅咒："此处留白并非文本缺失，而是因为一只猫夜里在这里撒尿。诅咒那只在德温特的夜里尿脏本书的恶猫，也为此诅咒其他许多猫！下次一定当心，别把书摊开在猫晚上出没的地方。"

在整个"护书诅咒"文学传统中，最不寻常的篇章出自"英国诗歌之父"杰弗里·乔叟之手。提起乔叟，人们首先想到的自然是他并未彻底完成的皇皇巨著《坎特伯雷故事集》，但乔叟的才智远不止于此书，他的长篇史诗《特洛伊罗斯和克丽希达》，中长篇梦幻诗系列（《公爵夫人之书》《百鸟议会》《声誉之宫》等），他从拉丁语译成中古英语的《哲学的慰藉》（乔叟用原作者的名字将他的译本命名为《波伊齐》）和从古法语翻译的《玫瑰传奇》等译著，都是文学史和英语语言史上的无价瑰宝。他也写过许多杰出的抒情短诗，《乔叟致亚当，他的缮写士》（*Words unto Adam, His Own Scriveyne*，又作《誊抄工亚当》，或简称《乔叟致亚当》）是其中相对不起眼的一首短诗，一直以来在学界得到的关注也比较少。形式上，《乔叟致亚当》只有一节七行诗（也有校勘者将该诗分为前四后三两节），尾韵押的是帝王韵（a-b-a-b-b-c-c）：

亚当，誊抄工，只要你重新抄写
我的《波伊齐》或《特洛伊罗斯》，
但愿你长长的鬈发下生出皮癣
除非你更忠实地誊抄我的原诗！
多少次，我不得不一遍遍替你返工
在羊皮上又擦又刮，订正错误，
一切都因为你的疏忽，你的仓促！

（包慧怡译）

早期学者把这首诗看作一首“怨歌”（plaint），认为作者抱怨和哀叹缮写士的疏忽是一个常见的中世纪抒情主题。以林妮 · 穆尼为代表的“自传派”学者认为该诗中被责骂的对象“亚当”就是乔叟作品最重要的缮写士亚当 · 平克赫斯特（Adam Pinkhurst）：这位亚当是乔叟的同时代人，大约自 14 世纪 80 年代起担任乔叟的缮写士，并在 1400 年乔叟死后仍为他抄写作品；而亚当 · 平克赫斯特就是《坎特伯雷故事集》的两份最重要的早期手稿——亨瑞特手稿（Hengwrt Manuscript，今藏威尔士国家图书馆）和埃利斯米尔手稿（Ellesmere Manuscript，今藏加州圣马力诺亨廷顿图书馆）——

的誊抄者之一。自从穆尼于2004年将《乔叟致亚当》的“收件人”锁定为亚当·平克赫斯特，“自传派”的观点得到了广泛认同，毕竟这是看起来最证据确凿，时间上也能对上号的一种可能：乔叟的这首诗约写于1380年代中期，在他完成《波伊齐》与《特洛伊罗斯和克丽希达》之后，也正是平克赫斯特开始为乔叟抄写的年代。异见者的理由也言之凿凿：与绝大多数中古英语抒情诗一样，《乔叟致亚当，他的缮写士》这个诗题并非出自乔叟本人之手，而是由后世的另一名缮写士约翰·谢利拟定的——考虑到诗题对确立诗歌旨趣的重要作用，乔叟这首诗在多大程度上是针对一个特定的历史人物“亚当”就不得不存疑了。

然而我们也可以将此诗解读为一首另类的“护书诅咒”。只不过这次，护书心切的缮写士不再是诅咒的发出者，却成了被原作者诅咒的对象：“但愿你长长的鬈发下生出皮癣/除非你更忠实地誊抄我的原诗！”——咒人生出皮癣的狠毒程度当然比不上“你的内脏将被书虫吞噬”或“愿他被野猪撕裂”这类“死咒”，但在生动具体和“对症下药”方面（我们可以想象“亚当”十分骄傲于自己的美丽鬈发）却旗鼓相当。为什么这名倒霉的缮写士偏偏叫亚当？简·昌斯把该诗看作一种“诗体信”（verse epistle），同时是关于原罪与救赎的一则寓言：上帝与伊甸园中犯罪的亚当的关系，相当于诗中的作者“我”与犯错的缮写士“亚当”的关系。如果使用教父学四重解经法的术语，我们可以认为，诗中写字的“作者—乔叟”是口说圣言的上帝的一种预表，而诗中的缮写士“亚当”是伊甸园中亚当的预表。伯纳德·奥康纳尔指出，这种艺术家—创造者—上帝之间的平行指涉还可以更广义地对应于“上帝作为世界之书的作者”这一常见的中世纪隐喻，这就将我们进一步引入中世纪抄本制作的物质文化语境中，考察“作者”和“缮写士 / 誊抄工”之间的历史关系。

在典型的中世纪作者观中，这两种人首先都是手抄本制作者或曰书籍制作者。13 世纪方济各会神学家波纳文图拉（Bonaventura）的一段评注中关于四种书籍制造者的划分很好地体现了这种思维：“有四种制作书籍的方法。有时是一个人不增不改地誊抄别人的字，他只能叫作‘缮写士 / 誊抄工’。有时一个人把别人的片段汇编在一起，他就叫作编者。有时一个人既写别人的也写自己的字，但主要还是别人的……他只是个评注家。有时一个人既写别人的也写自己的字，但是用别人的字来作为论据，他就应该被称为作者。”根据这种四分法,《乔叟致亚当》中的“我”显然是诗中提及的两个文本的“作者”(*auctor*),而“亚当”只是一名“缮写士 / 誊抄工”(scriptor),与“编者”和“评注家”一样,都不能被称为“作者”,不能成为作品的全权负责人,其职责在于且仅在于“不增不改地誊抄别人的字”。《乔叟致亚当》中的“亚当”恰恰是因为在这一点上出了差池,而被“我”认定为玩忽职守。“我”的愤懑还在于,由于“亚当”的不称职(“一切都因为你的疏忽,你的仓促”),自己身为作者却被迫一再担负起缮写士的职责,一再修改写错的抄本(“多少次,我不得不一遍遍替你返工 / 在羊皮上又擦又刮,订正错误”),耽误了本可以用来创作的时间。我们当然可以对此进行寓意解读:伊甸园中亚当的僭越如同缮写士“亚当”写错的字,而道成肉身、降临人间的基督为亚当及其后裔赎罪,就如同“我”在抄本上进行返工。然而我更愿意将本诗看作一则关于文字的易损性和文本的流动性的普遍寓言:无论作者(哪怕是乔叟这样的巨擘)如何不辞辛劳、绞尽脑汁想要确保写下的作品一字不差地流传下去,随着时光的流逝、介质的朽坏、读者的累积,文本——确切地说是文本传递的意义——都将不可避免地偏离作者的初衷,悖离作者的意志,而在读与写、修改与增订、消化与传播的过程中逐渐形成自己的生命。

中世纪文本的初始作者无法阻止缮写士、编者、评注者乃至世世代代的读者加入一个文本不断扩充的“作者”的队伍中来，正如羊皮或牛皮无法阻止后人在页缘添加涂鸦或注释，与位于中心的文本构成图文互动。羊皮有呼吸，文本有生命，不是自诩上帝的“作者”发出诅咒就能扼杀的。类似地，虽然我们完全能理解缮写士试图用诅咒吓退窃书贼的用心良苦，但这些铭文却无法阻止不识字的猫儿鼠儿用脚印或尿渍为手抄本加注——这些来自数百上千年前的物理痕迹如今已成为抄本的一部分，与（本来就以动物皮为材质的）抄本同呼吸共命运，完善着我们对中世纪书籍文化的理解。在古登堡的新发明缓慢但不可逆地取消缮写士们繁复劳作的必要性之后，这些不完美的书籍与护书诅咒一起，成了我们窥探一个业已失落的世界之灵光的珍贵窗户。

一份15世纪克罗地亚手抄本上的猫爪印

最后，让我们来读

读下面这首 11 世纪中古爱尔兰语抒情诗《缮写士科伦基尔》，我们或许会对《乔叟致亚当》中的“亚当”抱有更深的同情——无论他是何人，无论他是否存在。

我的手因握笔而麻木
我的鹅毛笔生着锥形尖；
从它的鸟喙中汩汩溢出
甲虫般闪亮的蓝黑墨水。

智慧的小溪奔流如泉涌
从我精细的土黄字体中；
绿皮冬青浆果制成墨水
在羊皮纸上奔流如河川。

我小小的湿润的羽毛笔
在书页间穿梭，有粗有细
丰富着学者们的藏书：
我的手因握笔而麻木。

（包慧怡译）

文之危，海之险

古盎格鲁-撒克逊人的海洋想象

柏拉图借苏格拉底之口在《斐多篇》中贬低海洋，说它产不出任何堪与大地相提并论的美好事物，这片液体沙漠里"长不出任何值得一提的物产，换言之，海里没有任何完美的东西，有的只是岩洞、沙砾、无穷无尽的浊泥污水，就在陆地与海洋交接的地方"（110a3—6）。尽管我们的星球的百分之七十被海覆盖，海洋却是难以被地图编绘者纳入轮廓线和地名群的"无托邦"（atopia），只有滚滚波涛与漩涡在暗处开辟着看不见的通道。

古代与中世纪的文学想象中，大海引诱人也毁灭人，或充满敌意，或冷漠无情，是古典神话中神灵争夺世界统辖权的战场，是映照人类秉性的一面明镜，或是《吉尔伽美什》等史诗的终末叙事中吞噬一切的洪流。从《奥德赛》第五卷中作为海怪与宁芙之家的、荷马的葡萄酒色的大海，到古英语史诗《贝奥武甫》中令人生畏的“鲸鱼之路”（hron-rade）；从公元 7 至 10 世纪盎格鲁-撒克逊诗人在大量挽歌中悲悼的、作为流放之地的冰冷大海，到 14 世纪中古英语头韵大师“珍珠”诗人（*Pearl* Poet）笔下作为“地狱子宫”（hellen wombe）的、引发幽闭恐惧症的深海……海是利维坦的居所，也是利维坦本身。

《旧约》中亦有诸多对于海洋之无情和灾难性力量的文字表述：“大渊的泉源都裂开了，天上的窗户也敞开了”（《创世记》7:11）；“法老的车辆、军兵，耶和华已抛在海中，他特选的军长都沉于红海。深水淹没他们，他们如同石头坠到深处”（《出埃及记》15:4—5）；“海水冲出，如出胎胞。那时谁将它关闭呢？是我

大洪水，15 世纪抄本，今藏法国国家图书馆

用云彩当海的衣服，用幽暗当包裹它的布”（《约伯记》38:8—9）；“诸水环绕我，几乎淹没我；深渊围住我，海草缠绕我的头”（《约拿书》2:5）……许多中世纪绘经师将这些文字呈现为生动的图像。在表现大洪水与挪亚方舟的彩绘手抄本上，在描摹大海的天青石矿物颜料微粒中，在遍及世界的惊涛骇浪中或佯装平静的海底，未被选上方舟的一切造物在一种可怕的均等主义中共同绝望。洪水之海一笔勾销了已经岌岌可危的跨越物种、国界、种族的共情的可能性，人类与动物一样无助地挣扎，一些抄本上的死者甚至与幸存者一样面容安详。就其拉丁文词源“保卫，守护”（arcere）赋予的定义而言，“方舟”一词的普世使命可谓以失败告终。

中世纪早期的盎格鲁-撒克逊人对自己身居海中一隅的地理事实有着十分确凿的认知，并由此衍生出独特的身份想象和叙事。公元8世纪，可敬的比德（Venerable Bede）在《英吉利人教会史》（*Historia Ecclesiastica Gentis Anglorum*）开篇以拉丁文写道：“不列颠是一个大洋中的岛屿（Oceani insula），曾被称作阿尔滨（Albion），它位于西北方，在构成欧洲主体的日耳曼、高卢、西班牙对面，与它们隔着遥远的距离。”比德不是将自己的家园看作世界中心，而是和历代罗马编年史

Achivit Noe son vessel: de tout avoit charge. E son linage q deux luy di
ist: e il estoit entre. Adunk le ewe començoit: forment de cel descendre.
E la fluvie haute cresoit: le pecheours gardun rendre. Caraunte iours e xl. nuits.
ne finat de pluver. Ke nul ne poit conustre la tere de la meer. E tut estoit
mort neie: q deus plesat desfere. Ke vivant nul estoit trove: partut enuule
tere. le cent e cinquantime iur apres: q tant avoit plu. Noe a la fenestre: tot estoit
curru. E la overit e hors gardoit: si il veeit point de tere. E partut il se pensoit.
quel fu meuz a fere: Un corbeu hors il mist: p porter enseine. Sure caroine il seat
sit e ne vint plus. La semeine apres un columb enveia: q branche de olive aporta: E q le ewe finie

Alors Noe ioie avoit: e a les seons ben tot disoit: a deux feisums feste.

家和地图编绘者一样，将不列颠（Britannia）看作罗马的遥远边地，称它位于“（罗马的）西北方”，而没有说罗马位于不列颠的东南方。罗马才是“定位点”（oriens）、朝圣终点、精神“首都”，而不列颠 / 阿尔滨 / 英格兰是政治、宗教、精神上的边地、隔绝之地、孤岛——这种盎格鲁-撒克逊基督教中心主义在古英语《盎格鲁-撒克逊编年史》（*The Anglo-Saxon Chronicle*）、拉丁文《论不列颠的摧毁和征服》（*De Excidio et Conquestu Britanniae*）等早期历史著作中也有体现，并且始终基于对不列颠四面环海、远离“世界中心”的认知。公元 6 世纪左右，不列颠圣徒吉尔达斯（St Gildas）在《论不列颠的摧毁和征服》中反复强调故乡的海洋属性及伴随而来的各种艰险：“与此同时，在这个位于世界一隅、被寒冰和严霜冻僵的岛屿上，基督这位真正的太阳送去了光芒。”这些艰险在约作于 8 世纪的古英语挽歌《航海者》（“The Seafarer”）中被刻画得淋漓尽致：

大洪水，14 世纪抄本，今藏大英图书馆（BL Add MS 47682 f. 8r）

…… ……　　人们不知道
陆地上是谁　　最受命运青睐，
不知道凄惨哀切的我　　如何在冰冷的海面上
居住了一整个冬季　　在流亡的众路上，
失去了友好的亲人，
周身挂着冰锥；　　冰雹漫天飞舞。
那儿我什么也听不见　　除了咆哮的大海，
那凛冽的波涛。　　有时我把天鹅的歌声
收集来愉悦自己，　　用塘鹅的聒噪
还有麻鹬的尖叫　　代替人类的欢笑，
用海鸥的长啸　　代替蜜酒的畅饮。

（第 12—22 行，包慧怡译）

铿锵的头韵（alliteration）和醒目的行间停顿（caesura）串起了一系列独属于海洋的严苛属性。如果说充满“人类的欢笑”“蜜酒的畅饮”和宫廷诗人琴音的“厅堂”（古英语 sele/seld/heal/halle）是盎格鲁–撒克逊人心中荣耀、光明、温暖与安全的象征，是英雄受到隆重款待并讲述自己冒险征程之地、个体的社会属性得到肯定之处、一切世俗价值得以积极展开之处，甚至被看作文明的中心本身——《贝奥武甫》中的“雄鹿之厅”（Heort）就是个中典例——那么浩瀚无垠、无给养、无人烟、唯有“凛冽的波涛”“天鹅的歌声”“塘鹅的聒噪”“麻鹬的尖叫”“海鸥的长啸”与旅人相伴、时刻唤醒人心最深处的旷野恐惧症的海洋，可以被当仁不让地看成一座“反厅堂”（anti-hall），其长宽与地平线相齐，其深远浩渺难测。

《航海者》的基督徒作者会在诗篇后半段向我们暗示，离开大地上的厅堂是为了最终进入天上的“厅堂”，而我们称为“反厅堂”的茫茫大海是人生（现实的或象征的）朝圣路上必要的自我剥夺之地。公元 4 世纪遁世派教父和隐修士有他们的沙漠，7 至 9 世纪盎格鲁-撒克逊航海者则有他们的汪洋。两种严苛的地貌背后是同一种自我放逐和禁欲主义的思维模式：尘世荣光不可驻（sic transit gloria mundi），没有一座陆地上的城池堪当人类的恒久居所，永不朽坏的家园唯有天上的新耶路撒冷。离家是为了寻家，航海是为了返乡。沿途越是经历重重艰难险阻（海上旅行的孤独和磨难成了人生多舛的绝佳象征），来世进入天堂的归家时刻就越发完满和甜蜜。

约作于公元 650 至 750 年间、有五份 9 或 10 世纪抄本的拉丁文《各类怪物之书》(*Liber monstrorum de diversis generibus*)被归于一位匿名盎格鲁–撒克逊作者名下。牛津大学古英语文学教授安迪·奥切德认为这位作者熟悉古英语《贝奥武甫》手稿中《东方奇谭》和《亚历山大致亚里士多德书信》背后的拉丁文素材，肯定了他在怪物分类学方面的成就（列出并详略得当地描述了约 120 种怪物）。但此刻值得我们关注的，是遍布《各类怪物之书》(以下简称《怪物之书》) 各处的航海意象，及其与心灵、智性和文本之脆弱性之间的隐喻关联。

《怪物之书》第一卷开篇写道:"你问起地球各处隐秘的安排……我会认为那些谎言不该对任何人重复，要不是你的请求如狂风，将我从高耸的船尾楼吹落，船只在深海怪物之间颤抖不已。**我将这一［描述怪物的］任务比作幽黯的大海，**因为没有明确的方法可以证明，那些经由诗人和哲学家们镀金的话语而传遍世界的故事是真相还是谎言。"[①] 中世纪文学中常见的"自谦"母题（humility topos）被海洋意象重新包装，

① 《怪物之书》引文均由本文作者译自拉丁文。

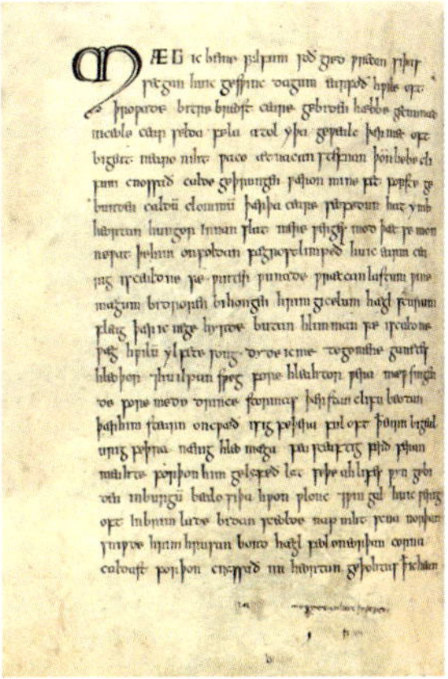

古英语挽歌《航海者》，存于《埃克塞特之书》，今藏埃克塞特大教堂图书馆

身兼作者身份的第一人称叙事者“我”将对自己手艺的不自信和对作品主题（怪物）的质疑一并看作“幽黯大海”的一部分。对一名基督徒作者而言，写一本百科全书式的怪物志，在方方面面都是一项危险的文本生产任务，“我”将自己临案提笔前的心境比作深海怪物之间颤抖的船只，可谓匠心独具。

下一节中作者又写道：“如今人类繁衍滋生，地球上的陆地都被充斥，群星之下少有怪物出生。我们曾读到，在世界的多数角落里，怪物已被人类彻底战胜和根除。现在它们被扔下海滩，被掷入惊涛骇浪，凭借陡峭的极地之巅的搅动，它们已经从地球的最边缘和每一处，被抛进了海流的浩渺深渊。”海洋在这里被看作一个永难填满的怪物回收空间，可以方便地容纳所有被人类的想象定义为“非我族类”且具有威胁性的“它们”，为陆地进行清洗异族、净化家园的工作。如此接纳一切陆地拒绝接纳之物的大海，堪比一座集中抛弃传染病人或疯子的超大型中世纪疯人城（福柯在《古典时代疯狂史》中称这类城市为“反朝圣地”），是一面映射盎格鲁-撒克逊人心灵中禁忌、他者、惩戒、隔离等概念的巨镜。

类似地，《怪物之书》第一卷也以航海隐喻收尾：“你用请求的巨浪反复拍击我、要我描述的巨大怪物就是这些。而那些，则是我从传说的泡沫洪流中收集来放在海岸上的。”作者自比一名信息打捞员，从危险而不可靠的文本源头（“传说的泡沫洪流”）中艰难地收集素材，根据自己的准则编订成书，而这一切努力（如“我”反复强调的那样）绝非为了满足作者本人的好奇或虚荣，仅仅是为了回应一位身份不明的第二人称收信者的恳求（“你用请求的巨浪反复拍击我”）。在这位盎格鲁-撒克逊作者笔下，文辞的力量——无论其背后的言语行为（speech act）是恳求、命令或猎奇——具有与它所服务的主题相似的“海洋性”：暗流汹涌、界限不明、险象环生、难以抗拒。

剑桥大学中世纪文学荣休教授迈克尔·拉皮济认为，《怪物之书》的作者熟稔盎格鲁-撒克逊时期杰出的学者作家奥德海姆（Aldhelm of Malmesbury，约卒于 710 年）的作品；一些中世纪盛期学者甚至直接将《怪物之书》归于奥德海姆名下。最新的语文学与修辞学证据普遍不支持后一种看法，但奥德海姆的可能影响的确难以排除，尤其当我们聚焦于其拉丁文作品《论童贞》(*De Virginitate*)中的海洋意象时。与《怪物之书》第一卷的首尾类似，《论童贞》同样被航海隐喻一头一尾裹卷："仿佛尘世的危险化作恐怖的暴风雨的涡流向她们袭来，她们从西西里的斯库拉和深不见底的漩涡间穿过，匆忙向修道院生活这座海港驶去，由基督担任她们的舵手(gubernante)，她们安全抵达，尽管船只的木材受了损伤。"篇首的这段文字娴熟地化用荷马的作品(只点出了巨岩斯库拉的名字，将卡律布狄斯仅仅称为"漩涡")，却以"基督舵手"取代了异教英雄奥德修斯，将个人的灵性生活比作风雨摇曳、海怪出没的大洋上一段凶险的航程，终点是由修道院象征的退隐生活(我们已在挽歌《航海者》中见过类似的隐修主义)。

篇末，奥德海姆将自己的写作生涯比作一段险象环生的航程："我那脆弱的智力是一条碎裂的小舟，被恐怖的暴风雨的涡流摇晃，手臂奋力划桨，终于静静抵达渴望已久的海港……依靠基督在天上的帮助，相信我们帆桁上被顺风鼓胀的船帆……会安全通过语法错误的斯库拉和用词不雅的深渊，不会颤抖于l音误置的撞岩和m音误置的漩涡，[这些怪物]会让没有语法学家担任舵手的莽撞人士惨遭语病的船难。"这里，我们看到“舵手”一职由篇首的“基督”改由“语法学家”担任，而“文之危”再次密集使用“海之险”的语言来铺成，以至于每种文法错误都化身为对应的海怪，令水手–作家（此处即奥德海姆本人）即使有神恩和学识的庇护，依然战战兢兢，临渊履冰。

《怪物之书》第一卷聚焦于奇人，第二卷罗列怪兽（包括各类想象的海怪和真实的水兽，前者有鱼狗、鱼马、海虎、海驴等，后者有鲸鱼、鳄鱼等），篇幅最短的第三卷单独处理蛇类（包括生活在沙漠或山谷里的白胡椒蛇、宝石蛇，以及生活在海洋或河流中的海德拉巨蟒、冥河九盘蛇等）。不过即使在第一卷里，海洋元素也远远不止出现于篇首与篇末，比如在这两则迷人的轶事中：“巨人曾经生长到如此惊人的体形，

斯库拉和塞壬，15世纪，今藏盖蒂博物馆（MS Ludwig XIII 5, v1, fol. 68v.）

鲸鱼与水手，12 世纪动物寓言集，今藏牛津大学博德利图书馆

据说能徒步涉过所有的大海。书中记载，他们的骨头经常在海滩上被发现，在大地的隐秘处，这是他们硕大体形的证据”；“我们还听说，有个胸部尚未发育的［巨人］女孩被发现于欧洲西部的海岸，海浪将她从大洋里冲上了陆地；人们用石头标记了她的体形。她身长 50 英尺，肩宽 7 尺。她穿着紫色的斗篷……头部受了致命伤”。这两则叙事与其说是关于奇人，莫如说关乎远方——这些不速之客奇异到连志怪录作者都要凭借“书中记载”“我们还听说”这类措辞为自己免责，而海

洋是全世界远方的通用名片。异域永远与道听途说捆绑，这些从陌生海域被冲到本地海滩的漂流客虽不能亲自开口，其巨型尸体或骸骨却构成某种“明证”，暗示地球上还存在着擅长航海的盎格鲁–撒克逊水手从未抵达、或许也从不曾被绘入地图的未知之地（terra incognita）——就在某处遥远大洋的彼方。

对古盎格鲁–撒克逊人而言，大海始终是他者和异质性的象征，无论是作为试炼信仰的“反厅堂”、深邃可怖的怪物回收站、输送远方奇人的流动介质，还是文本和诗艺之不确定性的系统隐喻。这些以古英语或拉丁文书写的匿名作者正是借助海洋这面流动之镜，不断拓宽和加深自己对何为陆地、何为故乡、何为自身的理解，以越来越丰富的方式将“海洋性”赋予笔端的万物。

傲慢与东方

《贝奥武甫》手稿中的亚历山大传奇

“至爱的恩师，您是我除了母亲和姐妹外最亲密的友人……我想给您写信，谈谈那宏伟的印度之国，关于那儿天空的脾性，还有无数各色各样的毒蛇（nædrena）、奇人（monne）、猛兽（wildeora）……我希望您知晓我的赫赫战功，知晓那些您尚未目睹、我却在印度亲见的事物——我与希腊军队屡经战阵、经历了千难万险后才看见的一切。”[①]

这是古英语散文体《亚历山大致亚里士多德书信》（*Letter of Alexander to Aristotle*）的开篇。没有人相信它真的出自马

① 本文包括《亚历山大致亚里士多德书信》在内的《贝奥武甫》手稿引文均由作者从古英语译出。

其顿王亚历山大大帝笔下，或真的抵达过他一度的希腊导师亚里士多德之手。这封书信由匿名氏写于盎格鲁–撒克逊晚期的英国，是对更早的同名拉丁文作品的俗语翻译和改写，一些素材可以追溯到希腊化时期和古代晚期的多种“亚历山大传奇”文本。然而，古英语《亚历山大致亚里士多德书信》依然是一部独树一帜的中世纪早期作品，不仅因为其作者鲜明的文风和毫不掩饰的基督教视角，也因为保存它的物质载体:《贝奥武甫》手稿（*Beowulf* Manuscript）。

《贝奥武甫》手稿或许是整个盎格鲁–撒克逊时期最著名的古英语文学手稿，除了长达三千多行的脍炙人口的史诗《贝奥武甫》外，这部别名“诺威尔抄本”（Nowell Codex）的羊皮手稿还包括《圣克里斯托弗受难记》《东方奇谭》《亚历山大致亚里士多德书信》《犹滴传》四部作品。这些作品都不同程度地聚焦于怪兽与奇人、

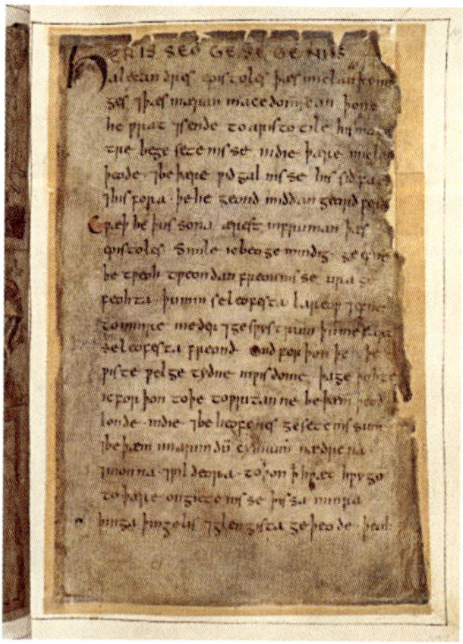

《贝奥武甫》手稿中《亚历山大致亚里士多德书信》首页

异域和远游,《贝奥武甫》手稿因而被称作“(古)英语各色志怪书”(liber de diversis monstris, anglice)。手稿由两位缮写士以工整的岛屿小写体(insular minuscule)合力抄录，约成书于公元10世纪晚期至11世纪早期，时值“仓促王”埃塞尔雷德(Aethelred the Unready)在位。17世纪时，手稿由杰出的中世纪手稿藏家罗伯特·柯顿(Robert Cotton)爵士亲手装订，与若干12世纪古英语作品合订成“维特利乌斯抄本”(Cotton MS Vitellius A. xv.)，是史称“黑暗年代”的盎格鲁-撒克逊时期英国的文学瑰宝。

正如我们在《亚历山大致亚里士多德书信》(以下简称《书信》)启信语中被告知的，这是一部关于“毒蛇、奇人、猛兽”的志怪集。与一般欧洲中世纪博物志、“奇观之书”(mirabilia)或动物寓言集不同,《书信》是从虚构的亲历者视角以第一人称“口述”的历险志，其对异域地理和物种图谱的呈现是透过“亚历山大”这块滤镜折射给我们的。鉴于叙事滤镜本身处于持续的行动和漫游中,《书信》邀请读者参观的是一座花车上的玻璃动物园。这一移动的视角也赋予这部中世纪早期作品与“古典的”亚历山大传奇(以阿里安的《亚历山大远征记》为代表)迥然相异的风格。

这种风格在论及那些遍布“东方”的珍禽异兽时最为显著。比如以下这段亚历山大率军勇斗印度蝙蝠和犀牛的自述：“接着又来了形状大小堪比鸽子的蝙蝠，抓扯我们的脸，那些蝙蝠有着人类般的牙齿，用它们的大牙撕裂或伤害人类……接着来了一头比其他猛兽都庞大的巨兽，它的前额生着三只角，威风凛凛，印度人管那兽叫‘暴君的牙齿’［犀牛］，它的头与马相似，浑身漆黑……它不怕［我们］沿途点燃的熊熊火焰，直冲过来，践踏一切。我召集起希腊军队，试图自卫，它迅速在单次冲锋中屠杀了我的 26 名武士，并踩踏了 52 名武士，让他们沦为对我毫无用处的跛脚汉。我们众志成城地向它射出箭与长矛，终于杀死了它。”或是关于在印度湿沼边对战鳄鱼的记录：“接下来我们经过的土地干而多沼，遍生甘蔗和芦苇，从沼泽里突然冒出一头野兽，野兽的脊背像束发网那样嵌满了钉子，头像满月一样浑圆，这野兽名叫‘月亮头’，它的胸脯如同海兽，有硕大坚固的利牙武装，

《贝奥武甫》手稿中的双头蛇、鳄鱼、双角驴

它杀死了我的两名武士。我们用长矛或任何武器都没法伤害那头野兽，最后铆足全力用铁棒和大锤揍它，才把它降服。”

无论是对印度大蝙蝠、“暴君的牙齿”犀牛还是“月亮头”（鳄鱼）的描述，比起拉丁文原材料，《书信》的古英语作者都增添了更多栩栩如生的白描细节，突出了这些不属于希腊世界的动物的他者性。它们的奇形怪状、凶悍残暴、对亚历山大军的敌意都暗示：在这个异域风情总是同潜在危险相连的陌生世界（“东方”），充满与亚历山大过往的敌人截然不同的新物种，希腊军以往熟悉的战术随时可能失效，战斗的结果在最后时刻到来前总是悬而未决。《书信》的作者如一个老练的说书人，在一个个紧锣密鼓的“接下来”或“接着”之间，精彩地捕捉到了一种令人屏息的在场感。借助第一人称叙事者的眼睛，我们身临其境地与“亚历山大”共同漫游在那片被不确定性所定义的东方大地上。

真实存在的猛兽之外，《书信》中描绘的东方还是一片充满“神奇动物”和“奇人”的群魔乱舞之地。由这位匿名盎格鲁-撒克逊作者虚构或扩充的幻想动物包括：仰面爬行、吐息滚烫的双头蛇和三头蛇，大小形状如狐狸的印度鼠，将人拖入河底撕碎的水怪等。而“奇人”（《书信》作者低调地使用了与表示“人”同样的古英语单词 monne）既包括“亚历山大”眼中奇风异俗的当地人，比如毛发浓密、赤身露体的“食鲸人”（Ictifafonas），也包括在《东方奇谭》《圣克里斯托弗受难记》中出现过的“类人怪”或“异形人”（humanoid），比如住在树林中的“狗头人”（Cynocephali）。“我”向食鲸人投去猎奇的探索家式的目光，吓坏了这群手无寸铁的男女：“当我想要看得更仔细些，好好观察这些人，他们立刻逃进水中，藏进石洞。”对狗头人则投去真实的箭矢：“他们想要伤害我们，我们于是拉弓射箭，很快他们就逃之夭夭，躲回树林中。”

《贝奥武甫》手稿中的酷似骆驼的“大象”

无论是否面对真实的敌意，亚历山大及其军队对这些土著“奇人”都展现出明显的侵略性，“他们”在“我们”眼中若非被审视的客体，就是有待被征服的对象。在对待当地向导时，亚历山大同样表现出武断和残酷，往往不经查证就假定自己和军队陷入险境是向导有意为之，从而将向导冷漠地处死：“我下令把 150 名向导推下了河……水怪很快拖走了他们”；“次日天亮时分，我下令捆住所有这些把我们引入危险的向导，打断他们的腿和骨头，好让当晚过来找水的巨蛇吞噬他们。我还下令砍断他们的手，好让他们备受折磨……”在《书信》作者笔下，即使那些顺从并配合亚历山大一行的印度人也随时可能遭遇灭顶之灾。第一人称叙事者“亚历山大”虽然自诩英雄、勇士、屠象者、怪物克星，塑造他的古英语作者却巧妙地通过他自己的声音，不动声色地揭示了这位“东方征服者”形象的暗面：暴君、自大狂、种族主义者。

在对《书信》及其拉丁文素材进行细致的语文学对比后，盎格鲁-撒克逊学家道格拉斯·柏特福和安迪·奥切德都认为，古英语作者有意从基督徒视角出发，将这位希腊化的马其顿异教徒君主塑造成七宗罪之“骄傲”（superbia）的示例。譬如，拉丁文中亚历山大对自己将士的自豪（“看到这么一支装备不输任何国家的军队……我自忖好运，由衷喜悦”）到了古英语中被改写成了俗世君主的令人厌

《贝奥武甫》手稿中的“狗头人”

烦的自夸："我那支军队的荣耀与壮观远胜世界上任何强大的国王……当我看见自己的昌盛、荣光、年纪轻轻立下的战功、一生的兴旺，我心中喜不自胜。"当然，两个语种的文本都提到亚历山大的军队因为披挂大量黄金而耀眼如星辰、闪电，但古英语作者通过大量使用成对出现的叠词（doublet, 奥切德总共数出了近两百处），形成了比拉丁文素材更华丽和详尽的文风。这种风格更适于藻绘东方大陆的异域风情，也更有力地凸显了亚历山大性格中的暴虐、自恋、实用至上。

有时，古英语作者会直接通过颠倒拉丁文的组序来塑造这些性格，比如将"我首先担忧的是军队的安危，而不是我自身"赤裸裸地改写成"首先我操心自己的需求，其次还有兵士们的需求"；有时则通过增添拉丁原文中没有的细节来彰显他的自我中心，比如将一处亚历山大找到淡水后让士兵和随军动物畅饮的平淡场景，戏剧化地改写成"我看见这干净的淡水，不禁心花怒放，我立刻痛饮平息了自己的干渴，然后命士兵们止渴，然后下令为所有的马匹和随军动物止渴"。简朴的拉丁文原文中与士兵同甘共苦的将领变成了古英语中等级意识分明的世俗君主，在这位异教君主身上，自我优先与傲慢之罪永远密不可分，而古英语作者将他塑造成"骄傲"

之示例人物的意图也一直贯彻至《书信》的末尾。在全文最末的结信语中，“我”最后一次向他的老师亚里士多德致意，即便这致意听起来更像典型中世纪武功歌中的自夸辞：“我写信告诉您这些事，亲爱的老师，首先是为了您能因我一生的成功与荣耀感到欢欣振奋，其次是为了人们能千秋万代地铭记我，让我作为其他尘世君主的楷模永垂不朽，让他们更清楚地了解，我的权力和名声远远胜过这个世界上居住过的每一位君王。”

如果说《书信》中亚历山大对战功和荣誉的执着彰显了他的俗世性，它也同样昭示了他作为凡胎肉身命中注定的有限性。或者说，在《书信》的基督徒作者眼中，亚历山大对死后不朽之名的追寻恰恰植根于其生命的必朽性，植根于其异教信仰缺乏对来世前景的可靠保证而导致的深深焦虑。关于亚历山大之死的神谕或许是古英语《书信》中最富有悲剧力量的一节。在印度征程接近尾声时，亚历山大在当地祭司的陪伴下前往“太阳树和月亮树”（trio sunnan & monan）求取神谕——这名印度祭司本身也被描绘成一位“奇人”，身高十尺而全身黝黑，穿兽皮，佩珠宝，年纪已有三百岁。这位中世纪早期英国人想象中的典型“东方智者”告诉亚历山大，每逢日食或月食，直入云霄的双圣树都会悲伤地哭泣，“害怕神圣之力被夺走”，并且只有不近女色之人才能走进神圣的树林。当亚历山大按照希腊习俗准备宰杀动物向双圣树献祭时，祭司告诉他此处严禁血祭，唯有在日出日落（或月升月落）时分向圣树祈祷，心中默默提出问题，“太阳树和月亮树就会给出真实不虚的回答”。

亚历山大的第一次提问仍然起于骄傲：“我是否能让整个世界对我的强力低头？”圣树用当地语言给出回答，印度祭司为他翻译：“战无不胜的亚历山大，你会成为全世界的帝王和主人（cyning & hlaford ealles middangeardes），但你将永远无法返乡，此乃刻入你命中之事，也必将实现。”亚历山大的第二次提问事关自己将在何处死去，当月光初次洒落树冠时，圣树再度开口回答：“亚历山大，你已穷尽了生命的周期，明年五月，你将死在巴比伦，死于你最料想不到背叛的源头。”亚历山大闻言心中忧戚，却不得不等到第二天日出再去请示神谕，这一次，他求问自己会死于何人之手、死后母亲和姐妹将何去何从。太阳树转而用希腊语作了回答，却只揭示了一半真相：“如果我回答你这个问题，你就能轻易翻转命运，阻止死亡。我只能告诉你这一事实：一年又八个月后，你将死于巴比伦，不是如你预期的那样死于铁器，而是死于毒药（nalles mid iserne acweald swa ðu wenst ac mid atre）。你的母亲将以卑贱可耻的方式离世，她会暴尸街头，成为飞禽野兽的食物；你的姐妹将会长寿幸福……但是回去吧，不要再向我们提问了，因为我们说出的已经超出了极限。”

于是我们看到，在这古希腊人和盎格鲁-撒克逊人所知世界的边缘，在这封古英语“书信”即将收尾之处，东方不仅成了亚历山大世俗雄心和漫游癖（wanderlust）的终点，也是凡人能被允许获得的尘世知识的终极来源。具有神谕之力的日月双树所在处被看作人居世界的尽头，越过此地便是凡人不得叩问或涉足的“未知之地”。

与《亚历山大致亚里士多德书信》写作时间接近的一系列8至10世纪古英语文学文本中（以同样辑录于《贝奥武甫》手稿的《东方奇谭》为代表），“东方”（oriens）常被描述为地大物博的富庶之土，那里的君王富可敌国，但其财富往往同骄傲之罪联系在一起，尼尼微和巴比伦就是其中最著名的两座“示例”之城。无独有偶，史家笔下亚历山大的骄傲也常与东方相连，其东征之旅是一路沿袭波斯旧制、擢用东方谋臣并将败兵编入部队、与巴克特里亚及波斯和亲、采

《贝奥武甫》手稿中的“扇耳人”

用东方繁奢礼仪排场的“东方化”之路。后人眼中促进东西方文化交融、颇具人文主义理想的亚历山大大帝，在游离于志怪文学、旅行志、虚构历史、训喻文等多种文体间的古英语《书信》的作者笔下，却是用来警示“傲慢”之危害的反面示例。成也东方，败也东方，亚历山大的东征止步于印度，他本人终将死于巴比伦（历史上也的确如此）。《书信》虽然写到请示神谕就戛然而止，过渡到上文所引的致亚里士多德的结信语，但作者没有忘记添上一笔亚历山大知悉神谕后的内心感受，一句依然深深植根于骄傲的自白：“对我而言，生命很快就要终结所带来的痛苦，赶不上无法建立我心中渴望的那么多功勋所带来的痛苦。”这位不知名姓的中世纪早期英国作家对一千多年前的“伟人”亚历山大的态度，至此可谓尘埃落定。

鳄鱼城、错花园、树篱阵

寻路迷宫中

公元前 5 世纪，希罗多德在《历史》第二卷中记载他在埃及参观了位于鳄鱼城（Crocodilopolis）的一座巨型陵墓，并称之为“迷宫”:“这种错综复杂的迷宫又是超过了金字塔的。它有十二所有顶子的方庭，它们的门是相对的，并排为连续的两列，六个朝北，六个朝南，然而它们都在一道外墙之内。它还有双套的房间，房间总数是三千间，一千五百间在地上面，一千五百间在地下面……各室的出口和来往通过各方庭的令人为之心迷的道路，在我们从方庭进入内室，从内室到柱廊，从柱廊又到更多的房间，随后进入更多的方庭的时候，这对我来说，乃是无穷无尽的惊异。”这个庞大的迷宫建筑群的主人现已被考证为第十二王朝法老阿蒙涅姆赫特三世（Amenemhat Ⅲ，约前1842—前1797年在位），希罗多德承认自己只参观了地面部分，未被祭司允许进入安放着修建迷宫的国王们与“圣鳄”墓窑的地宫。希罗多德记载的这座“胜过一切希腊建筑”的东方迷宫后来也出现在老普林尼、斯特拉波等人的博物志或旅行志作品中。

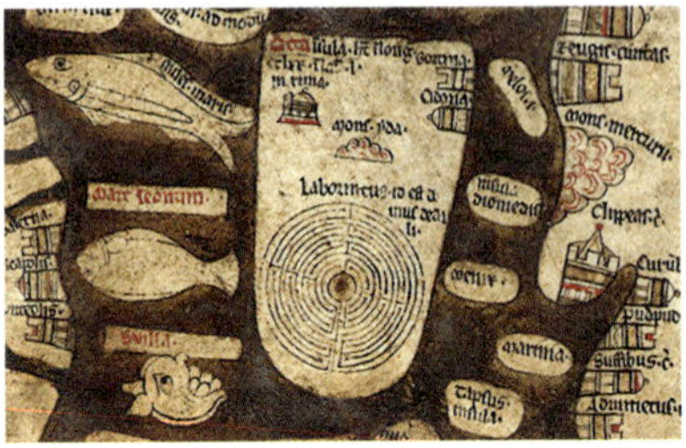

《赫里福德世界地图》上的克里特岛迷宫，约1300年

尽管古埃及鳄鱼城迷宫最令希罗多德印象深刻的似乎是它的庞大，我们仍从中得到了“迷宫”一词的希腊词源labyrinthos。据麦克斯·梅耶考证，该词可能来自labrys，在小亚细亚吕底亚、卡里亚等地的古代语言中表示“斧头”，位于安纳托利亚西南部卡里亚地区的拉布兰达（Labranda）曾是宙斯（Zeus Labrandeus）崇拜的圣地，当地出土的钱币上铸有宙斯手持双头斧的形象。双头斧能否被看作一种微缩的双岔路，或者象征着“抉择”的必要性？20世纪初，在亚瑟·埃

古罗马马赛克镶嵌画中的忒修斯与米诺牛，约275—300年

文斯爵士对克里特岛迷宫的发掘中出土了大量米诺斯文明时期的双头斧，使得 labyrinthos 意为“双头斧之宫”的词源越发深入人心。尽管语文学家对该词的终极来源从未形成定论，它的拉丁文形式“拉比林图斯”（Labyrinthus）一直与米诺斯王的家族罪孽和丑闻相联，渎神、失信、食人、谋杀只是这条罪之链上的部分环节，即便是英雄忒修斯杀死米诺牛的伟业，或者迷宫建造者代达罗斯的逃离，都未能彻底斩断罪与业力的轮回。约 1300 年绘于一张巨型牛皮上的《赫里福德世界地图》（*Hereford Mappamundi*）中，地中海深处的圆形迷宫仍用“拉比林图斯”标识，圆心处打孔的痕迹赫然可见。

现代英语中首次出现 labyrinth 一词是在 15 世纪，但它的中古英语形式 laborintus 早在 14 世纪乔叟的诗作中就出现过，比如他在梦幻诗《声誉之宫》中写道：“一座宫殿，就连代达罗斯之屋 / 那被称作‘迷宫’（Laborintus）的 / 显然也不如它精美 / 比不上它一半的巧夺天工。”到了 16 世纪，莎士比亚《亨利六世·上》第五幕第三场中，萨福克伯爵在代表英王向安茹的玛格丽特求爱后暗自感叹：“噢，若你能为我自己所有！可是萨福克 / 止住啊，你不能在那迷宫（labyrinth）中逡巡：/ 那儿潜伏着众多米诺牛和可憎的背叛。”类似地，在《特洛伊罗斯与克丽希达》第二幕第三场开场处，莎士比亚让忒耳西忒斯在希腊营帐前叫骂时怪罪自己“迷失在愤怒的迷宫里”（Thersites! What, lost in the labyrinth of thy fury! 朱生豪意译："怎么，忒耳西忒斯！你把头都气昏了吗？"）。在文艺复兴时期的书名中，“迷宫”有时会成为“百科 / 汇编 / 手册”的近义词，以至于成为一类工具书的统称，比如传奇外科医生兼炼金师帕拉塞尔苏斯（Paracelsus）的《歧路医生之迷宫》（*Labyrinthus Medicorum Errantium*, 1553）、英国人托马斯·希尔（Thomas Hill）的《园丁的迷宫》（*Gardener's Labyrinth*, 1577）。

英语中另一个表示迷宫的常用词是 maze，它最早见于 14 世纪，来自中古英语动词 amasen（使迷乱、使困惑），并可上溯到古英语动词 amasian 或一系列古斯堪的纳维亚语词，如古挪威语名词 mas（令人疲倦之物）和古瑞典语动词 masa（磨蹭、拖延）。乔叟在《坎特伯雷故事集·商人的故事》第 2387 行中使用了它的“迷乱”义项：“你困惑了，困惑了，好先生（Ye maze, maze, goode sire）。”到了早期现代英语，莎士比亚《驯悍记》第一幕第二场中，彼特鲁乔感慨：“我把自己抛入了这个迷宫（maze）/ 但愿尽我所能，既成家又立业。”《仲夏夜之梦》第二幕第一场中，莎士比亚使用了它的动词分词形式：

“丰收的秋季、暴怒的冬季，都改换了他们素来的装束，惊愕的世界（mazed world）不能再凭着他们的出产辨别出谁是谁来。”《暴风雨》第五幕第一场中则使用了名词形式：“这真叫人像堕入五里雾中一样（This is as strange a maze as e’er man trod）！”

中世纪至文艺复兴以降，maze 与 labyrinth 在英语中经常可以混用。但讲究一些的迷宫研究者通常使用 labyrinth 来表示“单迷宫”（unicursal model）——没有明显的分岔或死路，只是一条迂回曲折的通往中心的螺旋小路，由数道（奇数居多）同心圆或同心正方形构成，也就是所谓的克里特岛或克诺索斯（Knossos）模式；而用 maze 这个词来表示“复迷宫”（multicursal model）——对应法语中的“代达罗斯之屋”（dédale）或德语中的“错花园”（Irrgarten）——这是真正歧路丛生、每一步都诱人偏离的、考验心智和引发幽闭恐惧症的迷宫，其外形未必是规则的几何形

《论迷宫》中世纪拉丁文抄本

状，甚至未必有单一的中心。博尔赫斯在《小径分岔的花园》中描述的叙事迷宫，毫无疑问是一种超级复迷宫：“我在英国的树下思索着那个失落的迷宫：我想象它在一个秘密的山峰上原封未动，被稻田埋没或者淹在水下，我想象它广阔无比，不仅是一些八角凉亭和通幽曲径，而是由河川、省份和王国组成……我想象出一个由迷宫组成的迷宫，一个错综复杂、生生不息的迷宫，包罗过去和将来，在某种意义上甚至牵涉到别的星球。”文中的第一人称叙事者是迷宫大师彭冣的曾孙，博尔赫斯虚构的这位云南总督辞去了高官厚禄，一心想写一部比《红楼梦》人物更多的小说，建造一个谁都走不出来的迷宫。今天，威尼斯的圣乔治·马乔雷修道院在庭院中造了一座“博尔赫斯迷宫”，迷宫中设有便利盲人的扶手，扶手上刻有《小径分岔的花园》的布莱叶盲文，以致敬这位晚年目盲的文学迷宫建筑师。

无论是单迷宫还是复迷宫，迷宫空间都兼具开放性与封闭性，包含着化可见为不可见、以有限呈现无限的抱负，其使命之一是守护中心。这个中心可以通往隐藏秘密的个体潜意识，也可以通往神圣与永恒，在迷宫中寻路或漫游的光阴最终指向对时间的超越。以沙特尔大教堂的地板迷宫为代表，

巴托罗缪·维内托《青年肖像》，1510年

中世纪的同心圆迷宫是对基于地心说的天体运行轨道的模仿，一种被广泛复制到壁毯、衣袍、羊皮和彩窗上的宇宙图示。“走迷宫”是个体灵魂对通往天国的朝圣之旅的模仿，一种对神性和归宿的冥想，沿着同心圆迷宫（通常是单迷宫）的小径前进或回返，人们可以想象自己正通过“模仿基督”（imitatio Christi），展开一场微型的苦路朝圣，完成一种信仰的试炼。尤其在第三次十字军东征失败后，前往耶路撒冷的圣地之行对普通欧洲人来说日益危险，通过大地上或其他物质载体上的迷宫，正如圣地亚哥·贝鲁埃特所言，虔信者可以“选择跪着、徒步或想象自己走过神圣地带中扭曲的道路”。迷宫向来是秩序与混沌的对峙，是熵增对负熵的呼唤。奥古斯丁在《上帝之城》第十二卷中说：“耶稣是把不敬神的人从环形迷宫里引出来的一条笔直的路。”博尔赫斯则在《神学家》中写道：“你们燃起的不是一堆火，而是一座火的迷宫。如果你们把我这样的人统统处以火刑，地球上容纳不下这许多火堆，火光烛天，会刺得天使们睁不开眼睛。”

与石头或金属筑就的室内迷宫不同，另一类在自然界中因遭受风吹雨淋而难以留下考古遗迹的“植物迷宫”，是英国造园艺术的重要元素，也是“万物易逝”的可见象征。以最常见的草坪迷宫（turf maze）为例，莎士比亚的《仲夏夜之梦》第二幕第一场中，仙后泰坦妮亚对仙王奥伯朗感慨："荒草丛生的绿茵中离奇的迷宫，/ 因为无人踏行，已经难以分辨（And the quaint mazes in the wanton green, /For lack of tread, are undistinguishable）。"朱生豪的意译"杂草乱生的曲径因为没有人行走，已经无法辨认"虽然偏离不多，却失落了最关键的迷宫意象。据亨利·艾略特统计，英国境内至今尚有八座古老的草坪迷宫留存，它们是"在土地上挖掘而成的迷宫，在草皮墙之间留下一条凸起的草路，或者下降的土路"。这是一类依赖迷宫穿行者才能留存的迷宫，若长久无人踩踏，迷宫中的草路将很快被大地吞噬，如一道道从未刻下的伤痕，将人为刻绘的空间归还于无人的时间。

《暴风雨》第三幕第三场中贡萨洛提到的也是这类草坪迷宫："我的老骨头发痛：这片迷宫被踩得挺勤 / 小路有直有弯（My old bones ache: here's a maze trod indeed/Through forth-rights and meanders）。"我们更熟悉的——即便是通过《闪灵》《头号玩家》《潘神迷宫》之类的影视作品——则是中世纪以来几乎成为欧洲皇家和贵族造园标配的树篱迷宫（hedge maze）。虽然诞生于费尽心机的几何计算和不厌其烦的每日修

丁托列托及其工作室《爱情迷宫》，1538—1552 年

剪，这类高度人工性的植物迷宫却宣称自己模仿自然，是在大地上重建天国花园。

与庞大的鳄鱼城迷宫不同，中世纪树篱迷宫致力于将最长的距离收置于最小的空间内。经由一种微缩术，通过改造并折叠古典田园诗中开放式的理想风景或乐土，对失却的伊甸园的永恒乡愁如今被置换成一种段义孚式的恋地情结（topophilia），化身为一座座世俗主题的享乐迷宫——“爱情迷宫”是其中的典例。绘画作品中，树篱迷宫常被描绘成中世纪“典雅爱情”文学的男女主角幽会私语的理想之地，或是 16 世纪之后更放荡的俗世恋情里男女追逐挑逗乃至欢爱的庇护所。不过，中古英语诗歌中，由匿名氏作于 15 世纪的《淑女集会》（*The Assembly of Ladies*）却是目前我们所知唯一完全发生在迷宫中并以迷宫为叙事舞台的作品。在这首长达 756 行的梦幻诗（dream vision poem）开篇，女性第一人称叙事者“我”向读者描述了故事的缘起：

> 你在这儿做什么？一位骑士问我
> 我回答，照我此刻心中所想：
> “当然，是在这迷宫中散步
> 就像任何无忧无虑的女人那样。”

（第 15—18 行，包慧怡译）

树篱迷宫在此作为典雅爱情的表演空间出现，女士向迷宫中邂逅的骑士敞开心扉，告诉他另一天下午同样也发生在这座树篱迷宫中的事，当时她也“在这迷宫中散步（To walke aboute the mase, in certeynte）/ 就像任何无忧无虑的女人那样”——花园里的迷宫至此仍被描摹为无害的人间乐土。女士接着讲述：

事有凑巧，一天下午，
我和女伴们，一致约定，
当我们忙完其他一切事务，
来到这座迷宫，消遣时日
各随所愿，各取其路：
一些人走入，以为自己走出，
一些人站在中心，四下张望；

不消说，一些人远远落后
转眼间，又来到了最前方；
其他人，心智如此迷乱，
向东，向西，认为条条都是好路。
于是她们继续逡巡，少有歇息，
一些人，心中升起无名之火
气得迈开脚，跨过了树篱。

（第29—42行，包慧怡译）

此时的迷宫已成为一个令人“心智如此迷乱”（so mased in theyr mynde）的场所，每位女士择路时都产生不同的幻觉，每位女士都要为选定的道路负责，有时甚至采用作弊的方式（“气得迈开脚，跨过了树篱”）——迷宫作为人生的隐喻已昭然若揭。接下来的诗中，“我”虽然排除万难抵达了迷宫中心，却在那里的一座鲜花盛开、彩石铺地的小花园（中古英语 herber，亦解作“凉亭”）中坠入梦乡，梦见自己来到了“忠贞女士”的法庭（被描述为一组相连的房间，仿佛一座小型的鳄鱼城迷宫），被鼓励与一众淑女一起申诉自己在各自的丈夫 / 情人那里蒙受的冤屈。法官“忠贞女士”听完众淑女的案件后，宣布要到下次开庭才能公布判决，而“我”就在这一刻从梦中醒来：

> 突然之间，水花飞溅至
>
> 我的脸上，我因此苏醒。
>
> “我如今在哪？”我想，“一切都消失了。”
>
> 我迷惑不解，起身四下张望。
>
> 很快我就离开，写下这本书，
>
> 简单重述梦中所见的精髓

好让它不致从记忆中消散。

（第 736—42 行，包慧怡译）

回到与骑士对话的树篱迷宫中，“我”告诉骑士，“这本书”的法文标题就叫作《淑女集会》（*La Semble des Dames*）。在这个花园套迷宫、迷宫套花园、花园套“法庭 / 迷宫”的精巧的三重叙事框架中，树篱迷宫表面上是典雅爱情传统中装饰性和礼仪性的空间，同时还象征女性叙事者及其同伴内心的矛盾、混乱、在中世纪父权社会中遭受的压抑，以及试图申诉这些不公时遭遇的挫折和延宕（直到全诗终结，法庭的审判仍被拖延）——迷宫之于“我”成为心理学意义上的阈限空间。“我”作为千千万万身陷迷宫的女性的一员，最终选择试图以叙事克服混沌。“我”既是迷宫穿行者，又是迷宫观察者，甚至（若我们相信“我”即作者）是迷宫创造者——《淑女集会》这部诗 / 这本书就是一种羊皮纸上的迷宫，在三份 15 世纪手抄本中流传至今。迷宫对个体心智的挑战就这样被一座音节的迷宫置换。在工整的帝王韵七行诗节中，建立秩序的希望正从错乱中萌生。

另一位逡巡于迷宫核心的中世纪女性罗莎蒙德 · 克利夫

德（Rosamond Clifford）就没有那么幸运了。据不同的编年史家和罗曼司作者记载，为了避开王后阿奎丹的埃莉诺（Eleanor of Aquitaine）的耳目，英王亨利二世（Henry Ⅱ，1133—1189）在牛津郡伍德斯托克公园深处建造了一座花园迷宫，将他的情妇罗莎蒙德安置在中央的凉亭 / 屋子中(即所谓的 Rosamond's Bower)，偷偷与之幽会。然而埃莉诺王后终究还是发现了这个秘密，于是只身突破重重迷障，抵达迷宫中央并寻见罗莎蒙德，命她在一把匕首和一碗毒药中作出选择——“选择”恰是任何迷宫的构成基础——罗莎蒙德选择饮毒而亡。17 世纪诗人约翰·欧珀莱（John Aubrey）在其《风俗与犹太信仰遗珍》（*Remaines of Gentilisme and Judaisme*，1687—1689）中，提到他的乳娘小时候常对他唱起这首童谣：

约翰·沃特豪斯《美丽的罗莎蒙德》,1917 年

啊，罗莎蒙德，美人罗莎蒙德，
这就是她的芳名，
她是我们的王后埃莉诺
致命的眼中钉，
所以国王为了保护她
不受暴怒的王后侵害
在伍德斯托克造了一栋
前所未见的迷宫。

那栋迷宫古怪至极
坚韧的磐石和木料造就，
这座迷宫总共拥有
一百五十个入口，
它们的设计巧夺天工
迂回曲折，盘旋错综，
除了跟随线团的指示
无人能入，亦无人出。

（包慧怡译）

“罗莎蒙德的迷宫”在此成为男子物化女性并导致悲剧的象征，如同克里特岛的米诺牛迷宫一般，也是丑闻、通奸、嫉妒、谋杀等罪与耻集中展开的场所，它的“一百五十个入口”和巧夺天工的设计服务于隐秘的王室艳情，也影射男女情欲本身的曲折诡谲。

回到现实世界，约 1690 年为威廉三世建造的汉普顿宫迷宫（Hampton Court Maze）一般被认为是英国现存最古老的树篱迷宫，一说它的前世是为亨利八世所建的更早的皇家迷宫。它的占地面积仅有三分之一英亩，远远比不上同时期欧陆宫廷的大型树篱迷宫，但若轻视它，很快就会得到教训：

汉普顿宫树篱迷宫图示，1832 年

笔者曾在2017年抱着逗趣的心态进入其中，自信不出十分钟就可以走到中心，结果却花了将近一小时。时值盛夏，浓密的树篱高过头顶，遮挡了地平线，隔壁的树篱巷道中传来近在咫尺的少女欢笑声，或是孩童抵达中心后的欢呼，时刻让人错觉中心就在下一个转角，然而下一个转角永远是死角。地图导航在如此密集错乱的空间内失效，我时不时迎面遇见同样挫败折返的穿行者，其中一位最后放出了无人机鸟瞰导航，才终于把我们带往迷宫中央。英国作家哲罗姆·K. 哲罗姆（Jerome K. Jerome）曾在小说《三人同舟》（*Three Men in a Boat*, 1889）里描述过外行人面对汉普顿宫迷宫的类似的傲慢："叫它迷宫简直荒唐……你只要不停地往右拐就行"——说这句话的人物哈里斯最后在绝望中向迷宫管理员求救，但管理员是新来的，也绝望地在其中迷了路。

"世界本身是一个迷宫，一个由错误、沙漠、荒野以及一群贼和骗子组成的迷宫，到处都是肮脏的泥坑、嶙峋的怪石、陡峭的悬崖、无边的苦海、沉重的枷锁，在这样的迷宫里，衰老疾病和天灾人祸接踵而至、此起彼伏，如同海浪一般。"罗伯特·伯顿（Robert Burton）写入《忧郁的剖析》（*The Anatomy of Melancholy*，1621）的这段话，是对我们这段极简迷宫之旅的恰当总结。从纪念亡者的地下陵墓，到考验生者勇气和信仰的试炼场；从隐匿罪孽与耻辱的权力机关，到构成理想风景的俗世花园装置；从典雅爱情文学传统的演绎舞台，到浩繁现实的可被把握的浓缩和象征——迷宫是众多限制与可能性交织而成的网络，囚禁人的同时以自由引诱人，永远以有限向我们暗示着无限。

第二辑

中世纪感官世界

数数彩虹

中世纪的视觉

真真切切，我的卧室被

点缀得五彩斑斓，所有窗的

彩色玻璃都精心上了釉

清澈光明，没有一处破绽

眼瞧着令人无限欢欣

[……]

所有墙都以雅致的色彩

画满了《玫瑰传奇》的场景

连图带文。

我的每一扇窗都阖上

透过玻璃，日光照耀进来

把明艳的光束投在床上

仿佛金色的溪流在涌动

（《公爵夫人之书》第 321—25 行、第 332—38 行，包慧怡译）

“视觉”，《淑女与独角兽》壁毯组，1484—1500 年

在14世纪中古英语梦幻长诗《公爵夫人之书》(*Book of the Duchess*)中，杰弗里·乔叟以第一人称为我们描绘了叙事主人公“我”坠入梦乡,又在梦中“醒来”时见到的第一幕。梦境中的卧室如一座微型哥特式教堂，在“我”睁眼的瞬间上演了一场光与色彩的盛宴。“我”仿佛通过“醒来”这个动作，悖论地进入了另一个更瑰丽的梦的深处，全诗的核心情节也随着这一视觉天启渐次展开。绘满墙壁的“连图带文”的《玫瑰传奇》(*Roman de la Rose*)暗示:《公爵夫人之书》如前者一样,文类上属于梦幻诗,题材上处理典雅爱情。但《玫瑰传奇》亦是整个中世纪拥有最多装帧华丽的彩图抄本的文学作品之一，“英国文学之父”乔叟在此巧用抄本之间的互文性：只需提到《玫瑰传奇》，就可以在受过良好教育的读者眼前召唤出缤纷雅致的宫廷生活场景。

人们曾相信是文艺复兴时期奠定了现代光学与透视法的基础，这种陈词滥调今日想必已得到了足够的澄清。几乎一切重要的近代光学理论都植根于中世纪，尤其是受益于以“光学之父”阿尔哈森(Alhazen，他绘制了已知最早的视觉神经系统图)为代表的阿拉伯学者的研究；在欧洲范围内，则主要受到罗伯特·格罗塞泰斯特(Robert Grosseteste)的光

《玫瑰传奇》15 世纪抄本

源（lux）与流明（lumen）说，其学生罗杰 · 培根（Roger Bacon）的外溢（extramissio）与内溢（intromissio）说，以及约翰 · 佩尚（John Pecham）的透视论的影响——这三位神学-科学家都活跃于 13 世纪的英国，其中两人曾出任重要教区的大主教。

“大教堂并不缺少共鸣设施……阳光直射入建筑物内部，而圈子本身，随着阳光一步步从东转到西而慢慢画出来；这就是调色板的功能……说不尽的繁华围绕着我，这斑斑驳驳的全部空间，这在大白天如同在星空下静静的活动……天主为了让人听到，认为除了用他的化身——光，再也没有更合适的东西了。”保罗·克洛岱尔《以目代耳》（*L'oeil écoute*）中的这番表述，比起现代人更接近中世纪光学理论先驱的观点。视觉在中世纪所对应的元素是火（“最纯净的元素”），火被认为是光的一种变体，并且视觉的动物图腾是鹰——传说中唯一能直视太阳的动物。

按照格罗塞泰斯特《创世六日》（*Hexaemeron*）和《论光》（*De Luce*）中影响深远的理论，“圣子—言—光”是创造这个世界的三位一体的原力之一，光照崇拜因而在整个欧洲中世纪具有神正论上的重大意义。15 世纪 N 镇神秘剧《基督诞生》中，迟到的产婆不敢进入马厩，因为畏惧其中“比日月更璀璨的光芒”；14 世纪护教作家约翰·默克（John Mirk）的《节日布道集》（*Festial*）中记载：以得撒国王派画匠去为耶稣画像，然而圣容太过耀眼以

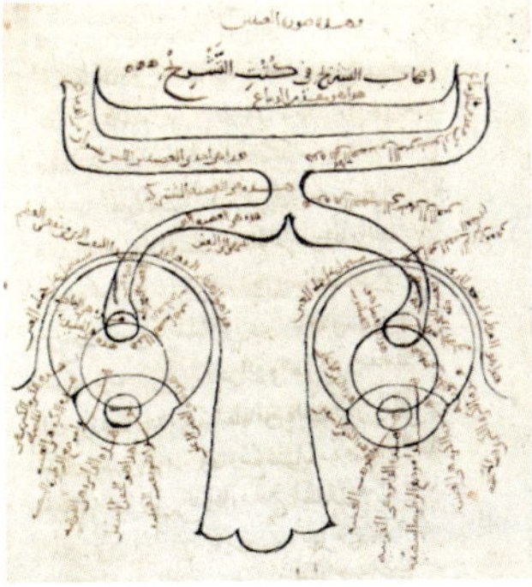

阿尔哈森所绘视神经，约 1027 年

至于画匠无法睁开双眼，只好用一块布盖住耶稣的脸，布上奇迹般拓下了圣容（即著名的“以得撒画像”，与维罗尼卡汗巾和都灵裹尸布并称为早期基督生平传说中的三件“自然圣像”）；在圣烛节被祝福过的蜡烛不得用于非宗教场合，除非先将它们熔化。教堂彩窗玻璃，手抄本上的金箔，书龛、圣物龛或十字架上的装饰宝石，神秘剧中闪亮的面具……众多物件因其反射或折射光的特质而具有神圣性，随之发展出一种光的拜物教，这种拜物教深深植根于《启示录》中对金碧辉煌的新耶路撒冷的描绘：纯金铺地，光盖日月，十二种宝石构成十二道璀璨的墙基，而神的羔羊本身就是至高的光源。

视觉自古典时代起就位于感官金字塔的顶端。主要在奥古斯丁的影响下，中世纪盛期发展出许多关于人眼所能感知到的视像的三分学说，其中以 14 世纪女隐修士诺维奇的朱莉安（Julian of Norwich, 英语语言中第一位著书立作的女性）的表述最为确凿。在她接收到的一系列著名天启中，朱莉安声称看到过三个等级的视像：“肉体视像”、“智性视像”和“精神视像”——最后一种也就是通常所说的神秘视像，连职业幻视者朱莉安都承认，自己无法理解这种终极之光，“只有上帝能解释”。

年老的鹰飞向太阳，让烈日烧去笼罩在眼上的翳，《阿希莫动物寓言集》

然而在中世纪普通人的日常生活中，连“肉体视像”——物理之光——都神秘而费解。中世纪对感官世界的普遍认知有别于现代的首要一点，在于感受过程的“双向性”：我们的感官不仅是信息的被动接收器，同时还是发射端，能够向感知对象散布看不见的、独属于我们的“物种粒子”并改变对象的性质，反之亦然。这种双向性在视觉中表现得最为直接：我们的目光能够改变我们所观看事物的属性（哪怕那只是一张桌子），同理，也必须谨慎选择观看的对象，因为我们必然会被所看之物散发出的物种粒子改变。视觉过程具有物质性，是一个交换“粒子”的过程，这种双向论潜藏在一大批中古英语 / 法语关于视觉的情色表述中——“飞镖般伤人的一瞥”“使人死亡的甜蜜目光”“勾人的邪眼”等。中古罗曼司中，被禁闭在高塔或城堡中的女性的目光常被描述为“致命的”，能使与之对视的男子赴汤蹈火——但她们自己也常分享这种命运：坠入爱河，并且坠入噩运。维多利亚时期桂冠诗人阿尔弗莱德·丁

鹰在水中清洗眼睛，《世界图像》抄本

亨特《莎洛特女郎》，1888—1905 年

沃特豪斯《莎洛特女郎》，1888 年

尼生在长诗《莎洛特女郎》中再现了这一中世纪传奇：被囚莎洛特岛上的女郎违反“不能向窗外看”的禁令，望向窗外并对偶然经过的骑士兰斯洛一见钟情，自此万劫不复，最终唱着哀歌在小舟中死去。这个故事成了约翰·沃特豪斯、威廉·亨特等一众拉斐尔前派画家们钟爱的题材。

由视像三分法引申出的一个特殊中世纪文类，即所谓的“镜子文学”，实际上是一种关于特定题材的百科全书式写作。其名称的直接渊源是 12 世纪伪造文献《祭司王约翰书信》中那面日夜被三千人看守的无所不知的镜子，却在法国神学家里尔的阿兰（Alan de Lille）的长诗《论世界的苦难》中得到了最生动的总结："世上的一切于我们，都如书本、图画和镜子。"以镜子为标题的名著有博韦的梵尚（Vincent de Beauvais）的《历史之镜》，罗杰·培根的《炼金之镜》，大阿尔伯特（Albertus Magnus）的《占星之镜》，高特的约翰（John of Gaunt）的《沉思之镜》等。

中世纪画家的调色盘，1330—1340 年

染色工人染布，巴多罗买《物性论》抄本插图

中世纪人对光学的另一个重要维度，色彩学，也有一系列与古典色彩理论（以亚里士多德为代表）和现代色论迥异的看法。若说在色彩三要素中今人往往聚焦于色度，热衷于区分和命名各种差别细微的色调，沉迷于光本身的中世纪人更看重的却是颜色的明度和纯度，因此他们描述色度的词汇远不如今天发达，一个词往往

可以指代多种颜色。比如古英语中的 read 一词既可表示红色又可表示黄色；中古拉丁文中 perse 一词则可以指现代调色盘上介于深蓝到湖绿间的任何颜色，同时还可以描述朱红色。相对而言，盎格鲁-诺曼法语具有较为丰富的色度词汇，比如 13 世纪晚期法语中 rous、sor、goules、rouge、vermaille 这五个表示不同深浅红色的词，在同时期英语中一概被译为 red 及其异文（“红”）。到了中世纪与文艺复兴之交，英语中的确新增了不少描述红色的词汇，但一些今天的常用词——比如 pink（粉色）——要到 17 世纪才会出现。

13 世纪百科全书《物性论》（*De Proprietatibus Rerum*）的作者巴多罗买（Bartholomaeus Anglicus）认为色彩取决于温度、湿度与光的互相作用。譬如，低温造就白色，高温造就黑色和红色，绿色则由温暖的空气作用于湿度高的物质而产生（比如树叶、水果和青草）——当岁时更替，温度、湿度变化，这些事物的颜色也跟着改变。色彩也被认为与人类的情感密切相关：嫉妒或恐惧导致绿色，愤怒或骄傲导致红色和蓝色。许多中古寓言诗中，每种拟人化的恶习都穿着与之色彩对应的衣裳。在盛行于中世纪医学的体液说中，肤色是体液比例和个人体质的外在表征，比如黏液质者的苍白、

人体四种体液与四种自然元素的对应，《物性论》近代抄本

胆汁质者的面黄和多血质者的红润。14 世纪中古英语头韵长诗《高文爵士与绿骑士》中，从马匹到盔甲都是绿色的“绿骑士”常被看作因嫉妒而来到亚瑟王宫廷的寻衅者——绿色在该诗语境中既是腐烂与死亡的象征，也是生命与复苏的象征。

暴雨过后挂在中世纪天穹中的彩虹，在物理外形和色彩上与今天并没有太大不同。然而，在大多数绘有彩虹的现存中世纪手抄本中，彩虹的颜色一般只有三色，最多不超过五色，其色层的排列顺序也常与自然顺序相异。与其说它们记录了中世纪人亲眼看到的彩虹模样，不如说那是一种深受解经学传统影响的图像学惯例：彩虹毕竟是上帝与诺亚立约的信物。巴多罗买受到亚里士多德和可敬的比德（Venerable Bede）的影响，认为彩虹应该是四色的，对应地火水风四大元素。14 世纪英国宗教异论者约翰·威克利夫（John Wycliffe，宗教改革在英国的先行者，有“英格兰的路德”之称）认为彩虹象征神与大地之间的和平，因此接近穹宇的最高层应为象征皇室高贵的紫色，离地面最近的内层则是绿色，代表上帝对教会充满恩赐的统御。罗杰·培根认为彩虹本身是红、蓝、绿三色的，对应圣三一，外围则被黑白二色包裹。有时候绿与蓝可以分别进一步分为两种色调——如此便完成了彩虹色层数从三到五、最后到七色的演变。

《神曲·炼狱篇》第十歌中，当但丁在维吉尔的引导下，来到涤荡骄傲之罪、仅容三人并肩通过的炼狱第一平台，一侧下临虚空深渊，一侧是炼狱山耸立的峭壁，他望见山崖上

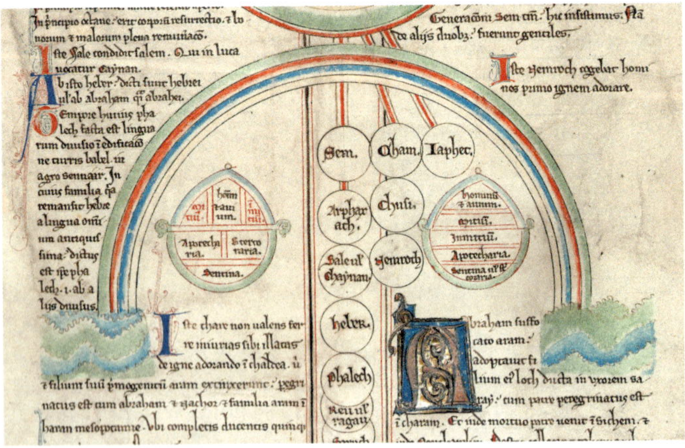

四色虹，“上帝与挪亚立下彩虹之约”，大英图书馆

《炼狱》第十歌，《神曲》1544 年印刷本

以雪白的大理石雕刻着示例谦恭之美德的历史人物："那儿描述着一位罗马君主光荣的伟业（Quiv' era storiata l' alta gloria/ del roman principato）。"在这里，诗人选择了 storiata（描述、讲故事）表示"用图像刻绘"。"描述"本身是一个诉诸听觉的行为，但意大利语动词 storiare 或对应的英语动词 historiate 都将听觉体验转化为视觉体验，化叙事为装饰，变故事为图像，转历史为奇观，使得描述的技艺成为一门贯通眼耳的艺术。中世纪泥金手抄本上华丽的首字母装饰往往兼具叙事功能，比如在大写字母 P 中画上手持天国钥匙的彼得（Petrus），或在大写 S 中以轴对称的方式画出扫罗（Saulus）从马背上摔落的场景，这种首字母装饰艺术也被称为 historiation。视觉与听觉在描述的艺术中合二为一，使得图像具备无声胜有声的叙事功能，或许是对中世纪文化究竟"视觉至上"还是"听觉至上"这类争论的最佳答复。

布谷、钟楼、鲁特琴

中世纪的听觉与音景

朱丽叶：你现在就要走了吗？天亮还有一会儿呢。那刺进你惊恐的耳膜中的，不是云雀，是夜莺的声音；它每天晚上在那边石榴树上歌唱。相信我，爱人，那是夜莺的歌声。

罗密欧：那是报晓的云雀，不是夜莺。瞧，爱人，不作美的晨曦已经在东天的云朵上镶起了金线，夜晚的星光已经烧烬，愉快的白昼蹑足踏上了迷雾的山巅。我必须到别处去找寻生路，或者留在这儿束手等死。

（朱生豪译）

捕鸟人，《马内赛抄本》，1305—1340 年

《罗密欧与朱丽叶》第三幕第五场中这段著名的临别对话上承古典“破晓歌”（aubade）传统，也指向一种与我们今日栖居的城市截然不同的中世纪音景（soundscape）——该故事的首个与后来莎剧情节相似的版本正是设定在中世纪名城锡耶纳，出现在萨勒尼塔诺（Masuccio Salernitano）的“小小说”（novellino）《马里奥托与嘉诺扎》（*Mariotto e Ganozza*, 1476）中。这位15世纪意大利作家坚称：故事就发生在他自己活着的时候。罗密欧与朱丽叶之所以有可能在破晓时分争论听到的是云雀还是夜莺之歌，是因为无论在中世纪的城镇还是乡野，高于六十分贝的声响都是罕见的：溪流声、泉声、犬吠、虫鸣、卵石路上的脚步声……现代都市里不复听闻的许多自然声响，彼时都历历可闻，尤其是美妙的鸟鸣。杰弗里·乔叟在梦幻诗《百鸟议会》（“The Parliament of Fowls”）中为各种禽声赋予道德含义。林林总总传世的布道文和传说中，一些鸟的鸣声早早与固定的罪孽或美德挂上了钩：布谷是虚荣之鸟，因为它时刻高唱自己的名字（cuckoo）；麻鸦是饕餮的象征，因为它总是用喙摩擦水边的芦苇，发出不知满足的聒噪声……有理由相信这些联想大部分来自中世纪人的田野听觉经验，虽然也离不开书本知识的传承。彼时的田野、草地、森林、牧场各有不同的音景，季节、时辰、空气湿度、农作物和植被密度等因素都会影响它们的音响效果。今日的我们只能在唱片里保存并谛听这些消失于工业时代的灵光，并赋予本来寻常的音景以天籁之名。

中古英语诗人常用 sumer 或 somer 表示春分与秋分之间的任何时节，与中世纪拉丁语中的 aestas 一词对应。在《春日已降临》（“Sumer Is Icumen In”）这首 13 世纪中古英语匿名“归春诗”（reverdie）中，春天骤然打开她丰沛的听觉礼盒，各种形式的生命如泉水般倾泻而出，合奏出英国乡野的四月音景：

春日已降临
高声歌唱，布谷！
种籽萌芽，草甸开花
森林正在破土而出
唱吧，布谷！

母羊跟着羊羔咩咩
母牛跟着牛犊哞哞
公牛腾跃，雄鹿放屁

欢唱吧，布谷！

布谷，布谷，

你唱得可真妙呀，布谷！

永远别停止歌唱，布谷！

现在唱吧，布谷，唱啊布谷！

唱啊布谷，这就唱吧，布谷！

（包慧怡译）

第一节中植物缓慢的律动和果决的萌发，仿佛暗示刚刚结束的是一个多么漫长的冬天；第二节中动物迅捷的腾跃和兴高采烈的叫声与上节形成对照，无论是母羊、小羊的咩咩声，母牛、小牛的哞哞声，还是曾引起颇多语文学争议的公牛或雄鹿的放屁声（Bulluc sterteþ, bucke uerteþ），都踩着短句子的轻快鼓点，带着对自身生命力的纯然欣喜，异口同声唱出对万

《春日已降临》乐谱及歌词抄本，大英图书馆馆藏

物复苏、春回大地的多声部礼赞。布谷鸟贯穿全诗的啼声（中古英语 cuccu 一词既是鸟的名字，也是鸟鸣的拟声词）犹如一抔魔法花粉，被撒到的一切都会重新焕发生机。《春日已降临》别名《布谷之歌》，有时又被称为《夏日卡农》或者《雷丁轮唱曲》（“Reading Rota”），因为保存原诗（包括乐谱）的唯一抄本是在英格兰东南部伯克郡的雷丁修道院发现的。这首轮唱曲是现存最早以英语作词的六声部复调歌。根据抄本上的有量乐谱（mensural notation，13 世纪至 16 世纪盛行于欧洲的主要复调音乐记谱法），第一歌者从曲头唱到第一行标记红色十字的地方时，第二歌者开始重复第一歌者刚刚唱过的旋律，以此类推。全诗的最后两行旁以红色拉丁文标注着 pes（“足”，或译“基础音”），表示此为叠唱句。

尤其难得的是，《春日已降临》原抄本上除了包含诗文-歌词以及乐谱本身，还完整保留了僧侣们以拉丁文添加的合唱指示：“除去负责基础音的两人，轮唱部分可由另外四人演唱，不应少于三人，最少不能少于两人。唱法如下……”我们不知道雷丁修道院的唱诗班僧侣是否认为这样的指示足够明晰——很可能如此，所以七百多年来《春日已降临》一直是中古民谣演出的常备曲目。它欢快而朗朗上口的旋律、生动

Ad p[ro]positu[m] imago p[ro]ne depingebat[ur] tenens i[n] manu sua flagellu[m] cu[m] 3 foliis [illegible] q[uod] si p[e]ccator vult venire ad emendac[i]o[n]em vite oportet ut p[ri]me habeat confessio[n]em oris contric[i]o[n]em cordis [et] satisfact[ione]m operis [et] voluntate[m] dimittendi p[e]cc[at]a [et] ist[a] e[st] illud q[uod] sig[nifica]t p[ri]mu[m] v[er]sic[ulum] [illegible] Sec[un]do oportet eu[m] hic [illegible] posse q[uod] ho[mo] det se sp[ont]e ad p[ri]mam [et] cu[m] vol[untat]e bona [et] illud sig[nifica]t p[ri]mu[m] v[er]s[iculum] ubi d[icitu]r / P[ri]ma me liberet. 3[o] oportet ut ho[mo] spem sua[m] ponat i[n] dei mi[sericordi]a[m] [et] p[ro]ce[ss]us [et] h[oc] sig[nifica]t / p[er] 3[m] v[er]s[iculum] / Tantam spem mea[m] / 4[o] oportet ut ho[mo] exercet se i[n] bonis op[er]ib[us] [et] tunc [et] p[ro]ce[ss]u [et] hoc sig[nifica]t p[er] q[ua]rtu[m] v[er]s[iculum] ubi d[icitu]r / exercere volo / 5[o] d[ebe]t h[abe]re bona[m] voluntate[m] [et] ista voluntas d[ebe]t s[ic] esse q[uod] mag[is] vell[e]t mori q[uam] [contra] deu[m] facere / Et v[er]e penitens / d[ebe]t i[n] corde suo dicere / ut veniam c[on]sequi [et] ad venia[m] [illegible] sed[ibus] n[ost]ro[rum] [illegible] / p[ro]pt[er] hanc c[ausa]m [et] tunc [et] ill[u]d sig[nifica]t p[er] 4 v[er]s[iculum] [illegible] penitens [illegible] i[n] p[ri]ma [et] 2[da] vol[untat]e [et] [illegible] [illegible] grande[m] [illegible] [illegible] / Et i[n] ubi [illegible] [illegible] [illegible] [illegible] [illegible] [illegible] [illegible] [illegible] / [illegible] [illegible] fide [illegible] [illegible] [illegible] / [illegible] [illegible] [illegible] [illegible] signa [illegible] / Cor dicet [illegible] [illegible] [illegible] [illegible] / [illegible] [illegible] [illegible] [illegible] [illegible] [illegible] / [illegible] fides spes [illegible] [illegible] [illegible] [illegible] [illegible] [illegible] [illegible] / [illegible] [illegible] [illegible] v[er]e penitet [illegible] / [illegible] [illegible] penas [illegible] exige [illegible] / [illegible] v[er]e penitentibus [illegible] [illegible] [illegible]:

Eccl[es]ia materialis [con]structa ex lapidib[us] [illegible] eccl[es]ia[m] xpi militante[m] que[m] eccl[es]ia[m] xp[istu]s p[ri]m[us] faber [con]struxit [illegible] ex vivis lapidib[us] quadratis [illegible] [illegible] [illegible] [illegible] [illegible] [illegible] [illegible] [illegible] [illegible] [illegible] triplex e[st] eccl[es]ia [illegible] materialis militans [et] triumphalis / Eccl[es]ia materialis e[st] domus orac[i]o[n]is [con]structa ex lapidib[us] [illegible] [illegible] corp[us] [et] sanguis xpi [illegible] [illegible] [illegible] [illegible] [illegible] / Domus mea domus orac[i]o[n]is vocabit[ur] / Alia eccl[es]ia e[st] militans [et] e[st] [con]gregac[i]o fideliu[m] [illegible] [illegible] [illegible] [illegible] eccl[es]ia militans [illegible] militat [et] laborat adhuc / [illegible] Job militia e[st] vita ho[m]i[n]is sup[er] t[er]ra[m] / Eccl[es]ia triumphans e[st] [con]gregac[i]o s[an]c[t]or[um] i[n] celis [et] d[icitu]r triumphans q[uia] [illegible] [illegible] [illegible] [illegible] [illegible] [illegible] [illegible] Per eccl[es]ia[m] materiale[m] [illegible] eccl[es]ia militans [et] [illegible] domus [illegible] q[uia] xp[istu]s [illegible] eccl[es]ia[m] militante[m] i[n] [illegible] [illegible] [illegible] [illegible] / Sicut eccl[es]ia materialis e[st] [con]structa ex [illegible] [illegible] lapidib[us] s[ic] eccl[es]ia militans e[st] [con]structa p[er] p[ri]mu[m] fabr[um] s[ed] deu[m] / q[ui] e[st] fabricator toti[us] orbis [et] o[mn]i[u]m rer[um] [illegible] i[n] ex vivis [illegible] [illegible] [illegible] [illegible] illos lapides i[d est] istos bonos [et] [illegible] [illegible] [illegible] [illegible] deus a[m]ore [illegible] / [illegible] eccl[es]ia militans e[st] [con]gregac[i]o fideliu[m] [illegible] [illegible] / [illegible] alii lapides [illegible] [illegible] eccl[es]ie materialis [illegible] [illegible] eccl[es]ia [illegible] / [illegible] xp[istu]s [illegible] [illegible] toti[us] eccl[es]ie / [illegible] eccl[es]ia militans i[d est] [con]gregac[i]o fideliu[m] [illegible] [illegible] xp[istu]s [illegible] [illegible] capite / [illegible] [illegible] eccl[es]ia[m] [illegible] [illegible] [illegible] [illegible] [illegible] [illegible] [illegible] eccl[es]ia[m] materiale[m] [illegible] [illegible] [illegible] eccl[es]ia[m] militante[m] i[d est] [illegible] fideles / Et ille [illegible] [illegible] [illegible] [illegible] [illegible] [illegible] [illegible] [illegible] [illegible] [illegible] [illegible] [illegible] [illegible] / [illegible] [illegible] [illegible] / Et [illegible] eccl[es]ia materialis e[st] [con]structa ex lapidib[us] [illegible] [illegible] [illegible] / [illegible] militans eccl[es]ia [con]struit[ur] ex lapidib[us] [illegible] i[d est] ex vivis [illegible] [illegible] / [illegible] lapides [illegible] [illegible] [illegible] [illegible] [illegible] / [illegible] [illegible] [illegible] lapides quadrati [illegible] ille lapides positi [illegible] / Celeste e[st] [illegible] [illegible] [illegible] [illegible] [illegible] [illegible] lapides [illegible] / [illegible] [illegible] [illegible] dignus dei:

Erant duo fr[atr]es carnales [illegible] [illegible] [illegible] [illegible] [illegible] [illegible] [illegible] [illegible] [illegible] [illegible] [illegible] [illegible] [illegible] [illegible] [illegible] [illegible] [illegible] [illegible] / [illegible] [illegible] [illegible] [illegible] [illegible] [illegible] [illegible] [illegible] [illegible] [illegible] [illegible] [illegible] / Cui ille dixit [illegible] tres libros [illegible] [illegible] [illegible] [illegible] [illegible] [illegible] [illegible] / [illegible] p[ri]mus e[st] niger / 2[us] rubeus / 3[us] candidus / [illegible] [illegible] [illegible] [illegible] [illegible] [illegible] / P[ri]mus e[st] recognitio meor[um] p[e]cc[at]or[um] q[ui] [illegible] nigri et [illegible] [illegible] [illegible] [illegible] [illegible] cor meu[m] i[d est] recognitio [illegible] [illegible] [illegible] / 2[us] e[st] rubeus q[ui] e[st] recogitac[i]o [illegible] sanguinis mei ih[es]u xpi creatoris mei / [illegible] [illegible] [illegible] [illegible] [illegible] [illegible] [illegible] [illegible] [illegible] [illegible] [illegible] [illegible] [illegible] [illegible] [illegible] / Tercius e[st] candidus [illegible] [illegible] [illegible] [illegible] [illegible] [illegible] [illegible] [illegible] [illegible] [illegible] [illegible] [illegible] [illegible] [illegible] [illegible] / [illegible] / [illegible] [illegible] agunt homines intentio iudicat omnes:

Co[m]mentator [illegible] [illegible] [illegible] [illegible] [illegible] [illegible] [illegible] [illegible] [illegible] appollinus fuit [illegible] [illegible] [illegible] [illegible] [illegible] / [illegible] [illegible] depingebat[ur] [illegible] homine qui [illegible] [illegible] [illegible] [illegible] [illegible] / imago v[er]o ista [illegible] [illegible] [illegible] angelis [illegible] angelus tenebat [illegible] i[n] manu sua / [illegible] [illegible] [illegible] ille v[er]sus / Terra igne mare vento [illegible] [illegible] / [illegible] [illegible] angelus [illegible] tenebat i[n] manu erat ille v[er]sus / [illegible] [illegible] [illegible] [illegible] [illegible]

正在鸣钟的教堂（中图），《启示录》
抄本，1420—1430 年

模仿布谷鸣叫的人声合唱、悠扬的伴奏及其营造的令人愉悦的氛围，使它在现代听众中如同在中世纪一般受欢迎。

今人眼中最具有中世纪特色的日常音响或许是教堂和修道院的钟声。13 世纪时，教皇格列高利九世捐给阿西西镇的一口钟上镌有第一人称诗句，其自述生平的口吻颇似盎格鲁-撒克逊谜语诗："我决定安息日 / 我哀悼葬礼 / 我分开雷霆 / 我唤醒懒慵 / 我驯服暴凶 / 我播撒群风。"[①] 人们相信大教堂钟楼上为临死和新死之人敲响的丧钟，以及标志葬礼仪式的钟声能保护死者的尸体不被撒旦占据，也能为生者驱魔辟邪。《神曲 · 天堂篇》第十五歌中，但丁的祖先卡恰圭达赞美前机械钟表时代的佛罗伦萨往昔的古朴："佛罗伦萨，自她古老的环墙内 / 还能听见三钟经和九钟经敲响 / 那时她如此安宁、节制又贞静（Fiorenza dentro da la cerchia antica/ond' ella toglie

① 杰克 · 哈特内尔：《中世纪的身体》，徐仕美译，桂林：广西师范大学出版社，2022 年，第 78 页。

ancora e terza e nona, /si stava in pace, sobria e pudica)。”注家一般认为这里的三钟经（terza, 约上午九点）和九钟经（nona, 约下午三点）是由建在佛罗伦萨最早的旧石墙（始建于查理曼时代）上的巴迪亚教堂敲响的。这些回荡在 9、10 世纪城市上空的钟声不仅为僧侣们提供日课的框架，也为各行各业的劳作者设定了约会、交易、活动时间的参照。相较之下，中世纪大部分民用建筑的墙壁用板条、草灰或泥巴糊就，隔

《爱默生-怀特时辰书》中的大教堂空间，1470—1480 年

音功能聊胜于无。而可以根据需要放大或缩小音响效果的石构教堂则提供了截然不同的声音空间，尤其在 12、13 世纪兴起的新哥特式教堂中，本堂的高度远远超过宽度，室内共振得到大幅增强。差不多同时期也出现了比之前任何曲种都更适合室内演出的复调音乐：歌手少，声部多，被共振延长的音响互相重叠，或成为背景音，回声效果明显的中低声部可以更好地烘托出鹤立鸡群的高音部，获得露天多人合唱无法取得的效果。

但教堂首先是演练神圣沉默的地方，是“默启”之地。十字若望（Jean de la Croix）站在中世纪的终点形容灵魂“沉默之音”的崇高和谐，它“胜过世间所有曲乐与旋律……是一种平静而祥和的认知，没有声音的嘈杂，我们因而能品味音乐的柔和与沉默的静寂……这音乐的沉默对于感官和自然力量是徒然的，而对精神力量而言，却是一种尤为响亮的孤独”。[①] 是这孤寂如鸣、奏乐如寂的悖论在四百年后激发保罗·克洛岱尔（Paul Claudel）以类似的口吻描述 12 至 13 世纪的法国大教堂：“教会想借透明的水晶，以取得非物质的界限，从

① 阿兰·科尔班：《沉默史：从文艺复兴到现在》，胡陈尧译，南京：南京大学出版社，2021 年，第 64 页。

外面取光，得两种不同质的迹象：灵魂的深思默想和周围的直接光照……有一套词汇在孕育中，日趋精确，拒绝任何诠释。《诗篇》说，无言无语，也无声可听。”如同克洛岱尔的书名《以目代耳》（*L'oeil écoute*，直译

耳朵向“自然”抱怨没有如眼睛般得到保护，《自然智慧之书》，15世纪

“眼睛在聆听”）所暗示的，中世纪的音景与光景常常交织在一起，一片虔信空间的氛围需要同时调动眼与耳来感知。这并非偶然。中世纪俗语文学中的感官表述词汇常常自带“通感”（synesthesia）功能，中古英语与盎格鲁–诺曼法语常用同一个动词表示两到三种不同的感知动作。譬如，中古英语动词 seien 可表示“说”、“听”或“看”，动词 smacchen 可以表示“品尝”或“嗅闻”；盎格鲁–诺曼法语动词 sentir 可表示“嗅”、“尝”或“想”，动词 taster 可以表示“触摸”和“品尝”……

《马利亚拜访伊丽莎白》，“圣凯瑟琳与圣芭芭拉传奇”大师，约1466年

眼与耳之间的通觉到了文艺复兴世俗主题的诗歌中仍屡见不鲜，莎士比亚就在第 23 首十四行诗最后的对句中写道：“哦！请学会阅读缄默之爱的文本 / 以眼倾听，才是爱情微妙的感官（O! learn to read what silent love hath writ: /To hear with eyes belongs to love’s fine wit）。”

中世纪感官金字塔中，听觉被认为是精神性仅次于视觉的、第二接近纯粹智性的肉体感官，甚至不乏神学家认为听觉的地位高于或至少不逊于视觉。比如林肯大主教罗伯特·格罗塞泰斯特写道，“比起滑入眼睛的‘死声音’，奋力挤过耳道的‘活声音’能够更生动地进行教导”，强调了“朗读”等发出声响、诉诸双耳的信息摄取法相较于诉诸双目的“默读”的优越性。13 世纪法国熙笃会诗人得奎维尔的纪尧姆（Guillaume de Deguileville）在《灵魂的朝圣》（*Le Pèlerinage de l’ âme*）中直白地为听觉辩护：“其他四种感官是愚蠢的，完全受了蒙蔽，一无所知……只有听觉这种感官为理解力提供信息。它的认知方式更敏锐，感受力比触觉、味觉、嗅觉和视觉更清晰。”在中世纪英国，源自亚里士多德并由阿维森纳、由约翰·布郎德（John Blund）于 13 世纪《论灵魂》（*De Anima*）中发扬光大的声学理论认为：声音虽然并非物质实体，但和光一样，可以通过“物种粒子”传递和被感知；声音诞生于对空气的敲击或振荡，这个过程中，听者的肉耳甚至能感觉到痛苦。另一种占统治地位的看法则认为声音是一种物质实体，来自呼吸或“灵”（spiritus），并且可被看作一种触摸，其灵性的一面足以触及灵魂。当大多数普通人不识字，唯一接近圣言的方法就是听牧师布道时，听觉在中世纪基督教语境下占据优等感官的位置也就不足为奇了。

《圣经》中本身也充满要求聆听的命令，《旧约》中的神启大多都是通过听觉而非视觉展现的。仅举《出埃及记》为例：“你不能看见我的面，因为人见我的面不能存活。”（《出》33:20）“西奈全山冒烟……山的烟气上腾，如烧窑一般，遍山大大地震动。角声渐渐地高而又高。”（《出》19:18—19）“摩西观看，不料，荆棘被火烧着，却没有烧毁……神见他过去要看，就从荆棘里呼叫说……‘不要近前来’……摩西蒙上脸，因为怕看神。”（《出》3:2—6）隐藏于雷电、火焰和荆棘中发声的耶和华是遮蔽的神（deus absconditus），可听的圣言取代可见的神迹，向以色列先民及其先知传授最初的启示。听觉显圣（auditory epiphany）在《新约》中更是层出不穷，耶稣诉诸对方的听觉官能，借言语来驱鬼、治病、起死回生：“责备他说：‘不要作声，从这人身上出来吧！’污鬼叫那人抽了一阵风，大声喊叫，就出来了。”（《马可福音》1:25—26）“‘你这聋哑的鬼，我吩咐你从他里头出来，再不要进去！’那鬼喊叫，使孩子大大地抽了一阵风，就出来了。”（《可》9:25—26）“‘少年人，我吩咐你起来！’那死人就坐起，并且说话。”（《路加福音》7:14—15）圣母领报是对一次听觉显圣的言语回应，圣母在撒迦利亚拜访伊利莎白时同样引发了听觉显圣：“伊利莎白一听马利亚问安，所怀的胎就在腹里跳动，伊利莎白且被生灵充满，高声喊着说：‘……因为你问安的声音一入我耳，我腹里的胎就欢喜跳动。’”（《路》1:41—44）中世纪诸多的神迹叙事中，耳与口、听觉与言语不可分割，这是早已渗透于经源的古老传统。

> 我的音乐，为何听音乐会生悲？
> 甜蜜不相克，快乐使快乐欢笑。
> ……
> 如果悦耳的声音的完美和谐
> 和亲挚的协调会惹起你烦忧，
> 它们不过委婉地责备你不该

用独奏窒息你心中那部合奏。

试看这一根弦，另一根的良人，
怎样融洽地互相呼应和振荡；
宛如父亲、儿子和快活的母亲，
它们联成了一片，齐声在欢唱。

（梁宗岱译）

以上出自《莎士比亚十四行诗》第8首的诗句，仍向我们展示着刚刚逝去的中世纪音景的一角。注家普遍认为诗中提到的弹拨乐器是鲁特琴（lute），这种曲颈拨弦乐器源自古波斯和阿拉伯世界的乌德琴（oud，阿拉伯语“木头”），最晚于13世纪传入欧洲并经历一系列改造，因为携带方便、音色婉转而成为中世纪吟游诗人最青睐的伴奏乐器，是名副其实的“诗琴”。在波提切利等中世纪画家笔下，鲁特琴一直是天使唱诵赞美诗的标准伴奏乐器，象征天国的和谐以及神恩的甜蜜。由于欧式鲁特琴多由6至10组复弦构成（每组两根弦），当莎士比亚写“试看这一根弦，另一根的良人”（one string, sweet husband to another），说它们“互相呼应和振荡”（strikes each in each），他很可能想着某场自己近距离观察过的剧院或宫廷中的鲁特琴演奏。接着，诗人又将琴上拨出的悦耳和弦比作一个由“父亲、孩子和快活的母亲”组成的三口之家，同时影射由约瑟、小耶稣和圣母组成的圣家族，甚至是圣父、圣子、圣灵组成的圣三一。音乐、婚姻和宗教的隐喻合为一体，全部指向一种“齐声欢唱”，并在诗末尾的对句中并入这首诗“规劝繁衍”的主题：“它们的无言之歌都异曲同工 / 对你唱着：你独身就一切皆空（Whose speechless song being many, seeming one,/ Sings this to thee: ‘Thou single wilt prove none’）。”无独有偶，在《莎士比亚十四行诗》的第 128 首中，我们看到了诗人对另一种常见中世纪乐器的创造性描写：

多少次，我的音乐，当你在弹奏
音乐，我眼看那些幸福的琴键
跟着你那轻盈的手指的挑逗，
发出悦耳的旋律，使我魂倒神颠——

我多么艳羡那些琴键轻快地
跳起来狂吻你那温柔的掌心，

卡拉瓦乔《鲁特琴演奏者》，约 1600 年

而我可怜的嘴唇，本该有这权利，
只能红着脸对琴键的放肆出神！

经不起这引逗，我嘴唇巴不得
做那些舞蹈着的得意小木片，
因为你手指在它们身上轻掠，
使枯木比活嘴唇更值得艳羡。

冒失的琴键既由此得到快乐，
请把手指给它们，把嘴唇给我。

（梁宗岱译）

学者们通常认为本诗中“你”弹奏的乐器是“童贞女琴”（Virginal）。这种属于羽键琴家族的键盘乐器出现于中世纪晚期，是文艺复兴晚期至巴洛克早期欧洲的主要宫廷乐器之一，在伊丽莎白一世和詹姆斯一世的宫廷中尤为盛行。最常见的童贞女琴的音域为三个八度半，有41个按键（25个白键、16个黑键），两根琴弦控一个音，联动杆、共鸣板和琴箱按键都是木质。也有少数注家认为黑夫人弹奏的是大羽键琴（harpsichord）、翼琴（clavichord）或拨弦古钢琴（spinet）。童贞女琴和大羽键琴都是现代钢琴的祖先，但童贞女琴要比大羽键琴小很多，演奏者常为女性，故而得名virginal，也有一说认为这个名字来源于它犹如少女歌唱（vox virginalis）的琴声。显然，童贞女琴是本诗语境中更可信的选项。并且“童贞女”这个名字也与诗人多处描绘的“你”（黑夫人）的手指与其琴键

维米尔《音乐课》或《有绅士陪伴的童贞女琴边的淑女》，1662—1665年

之间的娴熟调情形成了诙谐的对照——被轻柔爱抚的“琴键/琴栓们”（jacks）的双关意是“任何男子”，就如在 All work and no play makes Jack a dull boy 这类英谚中，Jack 可以表示“任何男孩”。黑夫人的手指既然可以同时属于“任何男子”，挑逗他们，使他们“快乐”，诗人在对句中也只好退而求其次般地要求——把你的手指送给他们去吻吧，我只要吻你的嘴唇。

“音乐和我们如此自然地相连，我们即使渴望与之分离也做不到”，波伊提乌斯（Boethius）写于 6 世纪初的《论乐理》（*De Institutione Musica*）可能是中世纪最具代表性的音乐理论文本。书中对宇宙间所有的音乐进行了三分：（人耳不可听闻的）天体音乐/世界音乐（musica mundana）、（诞生于人之灵肉和谐的）人类音乐（musica humana）、器乐（musica instrumentalis）。“器乐”并非波伊提乌斯本人的措辞，只是在书中被描述为张力、风、水或振动产生的音乐，涵盖我们今天所说的器乐和声乐。这三种层级的音响贯穿天、地、人，串起天文、哲学与数学原则，一起形成宏观宇宙与微观宇宙之间和谐的复调与共鸣。波依提乌斯音响观的影响力跨越整个中世纪，直达早期现代，时至今日仍为我们理解中世纪欧洲的音景和听觉实践持续提供着灵感。

“把你的毛孔堵上”

中世纪的嗅觉

感官体验无处不在。对感官的态度左右着中世纪的时代精神，并且一如今日，由于太过无处不在而不易被察觉。西欧中世纪人大致从早期教父传统处（以奥古斯丁为首）继承了一张感官唱名清单，以《论灵魂》为首的亚里士多德文本自阿拉伯文传入后，又注意糅合（或抗争）古典传统。其中“外感官”之清单与今天无异：视觉（visus），听觉（auditus），嗅觉（olfactus），味觉（gustus）与触觉（tactus）。在动物寓言系统中，视觉是公鸡（或鸡身蛇尾怪），听觉是野猪，嗅觉是秃鹫，味觉是猿或猴，触觉是蜘蛛。另有一套看不见的“内感官”，数量从三到六个不等，分别位于人脑中一系列独立的颅腔内，掌管判断、想象、常识等——这些想象中的颅腔的分布当然不基于解剖学，是为名副其实的“脑洞”。

仅就外感官而言，嗅觉在中世纪感官金字塔上居于正中，地位一直比较尴尬：既不像上方的视觉听觉那样被目为从肉体性通向灵性的关口，也不像下方的味觉触觉那般，因被看作魔鬼最容易做工的领域而时常打上警示性高光。“在我们的肉身复活后，”13 世纪神学家格罗塞泰斯特在《论创世六日》中说，“只有视觉和触觉仍在工作，因它们参与对灵魂的完善。”视觉和触觉分别位于金字塔的塔尖和底部。

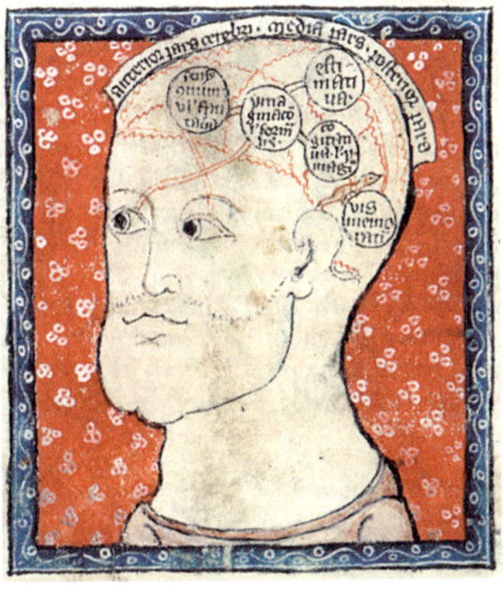

阿维森纳“内感官”图示，或曰“脑洞图”，15 世纪抄本

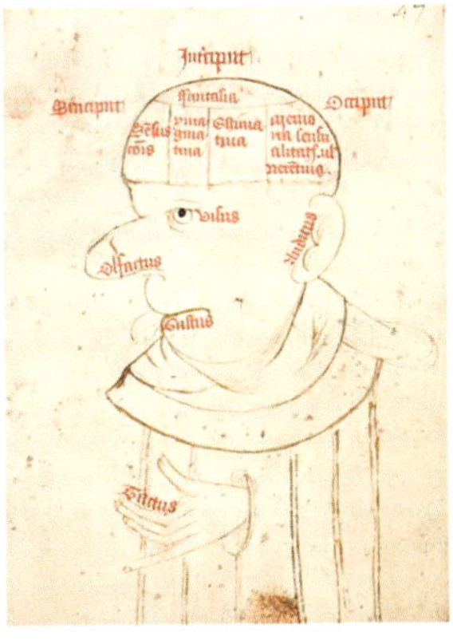

奥古斯丁《论精神与灵魂》之 13 世纪英国抄本，标出了常识、想象、判断等“内感官”在不同颅腔中的位置

富勒胸针，9 世纪，被认为是图像领域对“外感官”的最早表现

中世纪人对嗅觉的态度是模棱两可的，一方面觉得嗅觉对动物比对人更重要，比如多明我会修士博韦的梵尚就在 13 世纪百科全书《巨镜》(*Speculum Maius*) 中意味深长地指出：人类在睡梦中没有嗅觉感受。这种陈述可以在文学作品和圣徒传中找到无数反例。另一方面，多数中世纪城镇的物理环境决定了嗅觉体验——主要是臭味——在人类日常经验中无处不在：密闭逼仄的木结构建筑、排污设施的匮乏、鱼市肉

市下水市、各种蒸蒸日上的新兴手工业释放出的同样蒸蒸日上的异味……由于香味是那么罕见，它被赋予至高的道德和神学价值也就不足为怪了。

嗅觉的神学价值植根于圣经经文本身。《出埃及记》中上帝对圣坛上焚何种香、如何焚香有巨细无遗的教导："亚伦在坛上要烧馨香料作的香，每早晨他收拾灯的时候，要烧这香。黄昏点灯的时候，他要在耶和华面前烧这香，作为世世代代常烧的香。在这坛上不可奉上异样的香，不可献燔祭、素祭，也不可浇上奠祭。"（30:7—9）唯有馨香料（incensum suave fraglans，直译为散发甜味的香料）配得上圣坛，同样带香味的肉、谷物、酒则不够格。此后上帝又教摩西调制圣膏："你要取上品的香料，就是流质的没药五百舍客勒，香肉桂一半，就是二百五十舍客勒，菖蒲二百五十舍客勒，桂皮五百舍客勒，都按着圣所的平，又取橄榄油一欣，按作香之法，调和作成圣膏油。要用这膏油抹会幕和法柜。"（30:23—6）

朗索普塔壁画，"感官之轮"，14 世纪英国

这种膏油仅为膏立上帝的祭司而保留，为圣中之圣（sanctum sanctorum），任何其他人若制作或使用都要被处死。又教摩西磨制香粉：“你要取馨香的香料，就是拿他弗、施喜列、喜利比拿，这馨香的香料和净乳香，各样要一般大的分量。你要用这些加上盐，按作香之法，作成清净圣洁的香，这香要取点捣得极细，放在会幕内法柜前，我要在那里与你相会。”（30:34—6）这种香粉的功用后来在《利未记》中有所解释，上帝嘱咐亚伦“拿香炉，从耶和华面前的坛上盛满火炭，又

让·布尔迪逊《三王来朝》，15世纪法国，《亨利十二世时辰书》散页

安德里亚·曼泰尼亚《三王来朝》，15 世纪意大利

拿一捧捣细的香料，都带入幔子内，在耶和华面前，把香放在火上，使香的烟云遮掩法柜上的施恩座，免得他死亡”（16:12—3）——肉胎凡躯不能见神，焚香可以起到屏障的作用，为祭司“缓冲”上帝的在场。

到了新约时代，香气更是从一开始就与美德和神圣性密不可分。东方三博士献给圣婴的三份礼物中有两份是香料：乳香代表基督的神性和祭司职能，没药（自古埃及起就是保存尸体的利器）则预示受难和死亡。没药的香调迂回幽邃，今天仍被许多调香师视为捕捉嗅觉之神性的最佳竞技场：主流线中娇兰的没药与谵妄、圣罗兰的红鸦、普拉达的十号，沙龙线中安霓可·古特尔的没药微焰（Myrrhe Ardente）、卢丹氏的没药（La Myrrhe）、爱特罗的午夜弥撒（Messe de Minuit）等都是没药系香水的代表作。

此后，从早期教父时代到中世纪盛晚期，嗅觉的道德内涵更是在圣徒传、训谕文和神秘剧中彰显得登峰造极，衍生出许多奇迹叙事。天堂被想象成一个香料大本营：12 世纪熙笃会修士罗杰在一次天启中见到已故的朋友亚历山大，后者告诉他，他如今在天堂里靠吸食香气维生，各种香气一大早就从天而降，根据每个人生前的品行把他们笼罩在次第不同的香氛里。圣徒的尸体总是不腐且散发芬芳：据德罕的雷金纳德记载，圣戈德里克下葬时（1172 年左右），整个修道院的树木，乃至周围的森林，都被熏上了蜂蜜味；诺维奇的圣威廉（1144 年被谋杀）的尸体从墓穴里被挖出，准备重新入葬时，散发出“春日花朵和香草”的气息；里沃的圣阿尔莱德（约 1167 年去世）尸体闻起来犹如上等馨香。圣比里努斯的圣名远扬，一如“整个花园里的百合花”；圣母则常在诗歌和布道文里被称作“一爿香料铺”。在主张通过冥想达到“神我合一”

（unio mystica）的 14 世纪英国神秘主义四大师之首理查德·罗尔那里,“甜蜜”（dulcor）是通往天堂之三大移情步骤之一（另两个是“炽热”和“歌声”）。中世纪时辰书往往在文本边缘，尤其是日历页旁饰以繁复的花卉图案，喻指神意的馨香四季弥漫。在梦幻诗传统中，香气（主要是植物香）常常成为一种天启导火索，一种梦游天堂的触发机制，无论是在乔叟的几大梦幻诗还是他的同时代匿名者“珍珠”诗人那里。“我扑倒在那片花圃上 / 这般奇香穿透我脑海 / 我坠入一场近死的沉睡”——《珍珠》中这类近乎不祥的表达，无意中成了对嗅觉的灵性维度最生动的表达。

相反地，地狱、魔鬼、恶德总是与糟糕的气味联系在一起：硫黄、大蒜、腐烂植物、排泄物。15 世纪道德剧《坚贞的城堡》中，主人公“人类”在忏悔罪行时说道：“我们每个人都吃了大蒜 / 即便我要下地狱 / 我也很清楚我不是一个人去……”神秘剧中常提到恶人的肛门里住着成千上万个小魔鬼，放屁则是魔鬼附体的明证，甚至路西法本人也将放屁引为自己登场或退场的信号：“现在，我将动身去地狱 / 在那儿忍受无尽的痛苦 / 出于对烈火的畏惧，我放了个响屁！”（N 镇神秘剧《创世记》）

①|②
③

①《黑斯廷时辰书》，15 世纪弗莱芒，页边花卉包括蔓长春、婆婆纳、三色堇、雏菊、白屈菜等

② 14 世纪头韵长诗《珍珠》开篇，丧女的主人公在花园香气中坠入梦乡，柯顿·尼禄《珍珠》手稿

③ 埃及的圣玛丽下葬，周围香花怒放，13/14 世纪法国抄本

基督向众人解释，那些夸耀自己爱神的虚伪者犹如石棺，外表华丽，内部臭气冲天，同时指向教堂内演示何为“臭气冲天”的人，14 世纪《霍侃图画圣经》

放屁羊（山羊是魔鬼的象征），《安妮·沃尔什动物寓言集》，15 世纪英国

14 世纪头韵长诗《清洁》对索多玛等罪恶之城被灭后留下的死海之恶臭作了长篇累牍的白描。英国雷丁的僧侣艾利阿斯患了麻风病，他先去巴斯泡澡，但那里的温泉“硫黄味冲天”，病情毫无起色，于是他前往坎特伯雷，最终被圣托马斯的甘洌圣水治好。好气味自然有辟邪作用：林肯的休在前往巴黎的路上拜访圣尼卡修斯（4 世纪时殉教的鲁昂主教）的陵龛，他本想从圣骷髅里拔下一颗牙齿留作纪念，没能拔动；于是把手指伸进了鼻腔——因为圣人从鼻腔里呼吸“基督的甜美气息”——结果把圣人的颧骨弄碎了。

然而在认知论层面，相较于其他感官，嗅觉的地位始终不咸不淡。当博韦的梵尚声称，真正的嗅觉功能存在于人脑，而鼻子只是一根连接大脑和外界的管子，他代表了一种中世纪盛期的典型态度。这种态度直到14世纪某决定性事件发生后才逐渐改变：1348年前后横扫欧洲的黑死病杀死了四分之一至一半的人口。除了宗教与道德上的末世论自省，许多神学家、史学家和医生开始将“腐烂的空气”目为罪魁祸首。疫情严重的意大利中部翁布里亚的外科医生弗里尼奥认为，瘴气进入人体，在其中变得具有毒性，然后排出人体寻找更多的受害者，这就是黑死病的起因（弗里尼奥于1348年6月死于疫情）。地震被看作源于地球深处释放出糟糕气体，所以“地震常与瘟疫同时发生”。巴黎医学院认为黑死病始于一股从印度吹往欧陆的腐臭的湿气，由此开出对治的方法：饮食清淡、节制房事、不要洗澡。

这最后一条乍看奇怪：越臭越不洗，弃疗何太急？殊不知修院禁欲观中早有将泡澡等同于罗马式纵欲，而视温泉为败坏道德的温床的传统：可敬的比德就曾在《英吉利人教会史》中称赞女修道院长艾瑟思莉丝，因她一年只（在最重要的宗教节日）洗两次澡；10世纪《布鲁诺生平》称赞科隆大主教布鲁诺洗澡时不用肥皂，这证明他的禁欲精神远胜普通贵族。后黑死病时期，人体愈发被看作糟糕气味的储藏室，洗澡太多反而会让皮肤更容易被渗透，从而打开毛孔让体内腐败的气息散发，最终污染环境甚至引发传染病。勤洗澡被视为异教徒的劣行，到了16世纪，连从不反对尘世享乐的哲学家彼得·拉姆斯也因一年只洗一次澡而自夸。

不洗澡如何保持体味清新？中世纪晚期至文艺复兴时期见证了香水业（包括香膏和香粉）的迅速繁荣。除了玫瑰和紫罗兰这类自古常用的花香调，麝香和琥珀类香由于据信能更好地将人体毛孔堵上、防止毒气扩散到空气中而备受青睐。与此同时，黑死病暴发后的半个世纪，大量禁止胡乱排污、致力于改善空气状况的地方法规在欧洲各城通过；贵族以空前的热忱纷纷在乡郊兴建花园别墅，营造通风良好的居住环境；诗人们开始频繁地歌颂旷野和乡村之美，《坎特伯雷故事集》和《十日谈》的开篇只是最家喻户晓的例子……所有这一切都指向现实和认知层面上嗅觉的抬头，以至于到了文艺复兴时期，嗅觉逐渐成为一种判定个体教养和社会地位的标志：一个上等人有责任保持自己体味良好，不污染环境，最好还能为周围人创造更好的嗅觉环境；而一个不愿遵循这种心照不宣的嗅觉道德律的人（以城市手工业者和农民为代表）

就被看作缺乏教养。欧洲中世纪嗅觉史可以被看作个体控制自己体味的责任越来越与个人教养相连的历史。这种转变植根于神学，但也有病理学上的成因——即便是不那么靠谱的病理学。

自“尝”到“言”

中世纪的味觉

从来没有一条梭子鱼在加仑庭酱里
像我在爱情里浸得那么深，那么疼；
所以，我经常觉得我自己，
是货真价实的特里斯丹爵士再生。
我的爱情永远不会冷却或麻木
我永远焚烧于爱欲的喜悦中；
无论你做什么，我总是你的奴仆，
虽然你并未同我眉目传情。

（包慧怡译）

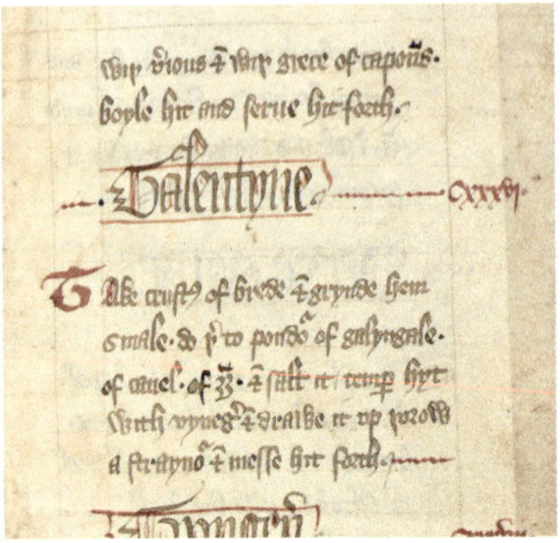

理查二世御厨《烹饪之道》抄本（约1390年）中“加仑庭酱”的食谱

“英国文学之父”杰弗里·乔叟在以上这首鲜有关注的短诗《致罗莎蒙德的谣曲》（“To Rosamond: A Balade”）最后一节中，为我们生动描绘了不被回馈的爱情的滋味。诗人自比为亚瑟王传奇中的圆桌骑士特里斯丹（Tristan，直译为“哀生”）——特里斯丹以其与叔父的未婚妻、爱尔兰公主绮瑟（Iseult）的爱情悲剧而闻名，是忠于“典雅爱情”的痴情骑士的代名词。然而在情诗修辞的表皮下，乔叟这首诗旨在对中世纪“典雅爱情”文学传统进行颠覆和反讽，其中“加仑庭酱（中古英语 galauntyne）里的梭子鱼”尤其令人忍俊不禁：中世纪文学中用来比喻热恋心境的食物通常是精美的甜品、芬芳的花蜜、新鲜的水果（尤其是各种色泽鲜艳的莓类）或馥郁的醇酒，此处让“我”像梭子鱼般“浸得那么深，那么疼”的究竟是何方神酱？中古英语 galauntyne 或 galentyne 来自古法语 galentine（“啫喱”或“肉冻”），由去骨高温烹制的肉汤或鱼汤收汁冷却而成，似可以通译为“肉汁”。但在乔叟写作该诗的差不多同一时期（14 世纪末），英王理查二世的宫廷御厨编订的菜谱集《烹饪之道》（*Forme of Cury*）中，编号第 136 号的“加仑庭酱”的食谱却与其法国源头相去甚远。国王的大厨用中古英语写道（我们幸运地拥有原始手稿）：取面包屑，磨成细末；加入高良姜（galyngale）、肉桂和生姜粉末，加盐调味；加醋平衡，用滤器调匀，然后上盘。这显然是一种口味辛辣的酱，在英国它的原料并不包括肉和鱼，但适合作为鱼类的佐餐汁去腥。这就把我们带回乔叟反讽诗的语境：“从来没有一条梭子鱼在加仑庭酱里 / 像我在爱情里浸得那么深，那么疼”——中世纪的英式加仑庭酱是一种以姜为基底的香辛料调味汁，就如它的同类胡椒酱、大蒜酱、驼绒酱（Cameline）一样，以异域风情刺激人的味蕾，丰富着能负担得起它们的食客的餐桌。那些来自遥远他乡的进口香料——番红花（最贵的一种）、丁香、肉豆蔻、小豆蔻、胡椒（“香料之王”）、天堂椒、高良

采摘胡椒，《马可·波罗的奇迹之书》（*Le livre des Merveilles de Marco Polo*）15 世纪抄本

姜——可以直接用来抵税、偿债、充当嫁妆、支付诉讼费（法语中有“官司香料”一说），成为中世纪欧洲金融市场的一部分。

采摘番红花的妇女，《健康全书》（*Tacuinum Sanitatis*）14 世纪抄本

味觉位于中世纪感官金字塔的倒数第二级，位置仅仅高于“最沉重的”触觉，对应的元素是水，对应的动物图腾有猴子、熊、鹿、猪、乌鸦、鸵鸟等——人们相信这些动物有比人类更灵敏的味觉，而味觉也是将人与动物紧密相连的感官。中世纪欧洲人认为主要的“味”有九种：甜味（dulcis）、油味（unctuosus）、苦味（amarus）、咸味（salsus）、冲味（acutus）、辛味（stipticus）、海盐味（ponticus）、醋味（acetosus）、无味（insipidus）。组成味觉的主要有“性”和“质”两大要素：甜、油、苦、咸、冲被认为是热性的，其余则是寒性；甜、苦、海盐味被认为是“厚质”的，咸、辛、无味是“中间质”，油、

冲、醋味则是“薄质”的；每类味道里还有各种微妙的细分。这种九分法（有时“无味”被排除在外，就是八分）构成了中世纪食疗理论的基础。找到符合自己体质、能够中和不平衡体液的食谱是维持乃至修复个体健康的关键，这是一种朴素的“我食故我是”营养论（Wir sind was wir essen,直译“我们吃什么就是什么”）。譬如，中世纪晚期礼仪书《童蒙指南》（*The Babees Book*）以中古英语诗节为我们列出了乳制品的神奇价值:“黄油是种健康食物,在清晨或夜晚/因为它安抚胃部,助人摆脱毒素/它还是泻药,助人排出坏体液……牛奶、奶油、凝乳还有玫瑰乳酥/都能起到收胃作用……”

当然，营养学不是中世纪普罗大众关心的问题，日常的温饱和偶然的享受才是。汉内莱·克莱梅蒂娜在《中世纪厨房：一部食谱社会史》（*The Medieval Kitchen: A Social History with Recipes*）中告诉我们,北欧农民的日常饮食由大麦和黑麦面包、稀粥、干鱼和腌肉组成。14 世纪中古英语梦幻诗《农夫皮尔斯》中的农夫自述只能吃到未发酵奶酪、面包、白菜。同时期的神秘剧中，牧羊人的日常食谱也不过增加了培根、洋葱、燕麦饼，以及（堪称黑暗料理的）淡啤酒和酸奶腌制的羊头。法国农民的食谱似乎更丰盛，15 世纪《牧羊人的大节历书》

假扮成“烤全鹿”的魔法师梅林出现在凯撒的盛宴上，*Estoire de Merlin*（Add MS 10292, f. 160v）

中列出了从羊到鸡到兔到鱼的各种炖肉，还有炖韭菜、炖内脏、炖豆和牛肉馅饼；该书并声称，上流社会的餐桌上不过是比农人多了烧烤、煎炸、烘焙的精致食物。个中差异是由于自然条件和国情有别，还是因为记录偏差？毕竟留存至今的中世纪食谱集（比如上面提到的理查二世御厨的《烹饪之道》）基本都出自上层贵族阶级的厨房，劳动阶层的饮食信息却散见于各类文学作品，不能作为同等性质的文献对待。

中世纪没有米其林评级，也没有《顶级厨师》（Master Chef）这样的烹饪综艺节目，厨房里的秘密主要依赖口头亲授和家族传承。不过，14 至 15 世纪的欧洲还是为我们留下了大约一百部烹饪书籍，有拉丁文也有俗语写成，有各国都备受欢迎的普世菜，也有高度依赖当地食材的特色菜。克莱梅蒂娜列出了其中最著名的一些：《缤纷食材》（*Diversia Cibaria*, 14 世纪英国）、《好香料之书》（*Buch von Gutter Speize*, 14 世纪德国，来自维尔茨堡大主教的厨房）、《主厨艾伯哈德的烹

国王理查二世的宴会，
大英图书馆

《十日谈》手稿，15 世纪

15 世纪《亚历山大传奇》抄本中亚历山大的盛宴，法国国家图书馆

人兽共飨，15 世纪手稿

饪书》(*Kochbuch von Meister Eberhards*, 15 世纪德国，来自巴伐利亚的王室厨房)、《一切食材的烹饪与调味方式专论》(*Tractatus de Modo Preparandi et Condiendi Omnia Cibaria*, 14 世纪意大利)、《厨艺之书》(*Il Libro della Cocina*, 14 世纪意大利托斯卡纳地区)、《厨艺集》(*Registrum Coquine*, 15 世纪，出自教皇马丁五世的主厨)、《巴黎持家者》(*Le Ménagier de Paris*, 14 世纪法国)、《论厨艺》(*Du Fait de Cuisine*, 15 世纪法国，来自萨伏伊公爵的厨房)等。这些宫廷背景的食谱集为我们保存了大量中世纪佳肴的配料、数量、烹饪步骤信息，有一些已被现代学者精心还原成可以在今日厨房里制作的改良菜：蜜饯撒拉逊烤鸡、甜酸酱汁野兔、醋栗猪肉丸、白葡

萄酒酱烤梭子鱼、红酒鳗鱼、无花果泥三文鱼派、鹿肉派。还有一些显然难以还原，比如常见的中世纪黑暗料理：天鹅派、鸨派、卤煮派、河狸汤（河狸被归为鱼类，因为它们“用尾巴游泳”）、盐烤孔雀、烤猫、烤豪猪、烤绵羊阴茎填蛋黄、麝猫酱配黑线鳕、公鸡燕麦酒……麦琪·布莱克的《中世纪厨艺书：为现代厨师翻译和改良的五十份原汁原味的食谱》为我们提供了不少较为温和、有可能复刻的“英式黑暗料理”的食谱。

烤卤煮派的现场

给绵羊挤奶（或取阴茎？）

不知是否为了平衡胡吃海塞带来的内疚，中世纪食谱中不少甜点的名字都与宗教挂钩：“小修女”（nonette, 一种香气扑鼻的圆蛋糕）、“圣物看守人”（saristain, 冰糖千层饼）、“修女的屁”/“修女的叹息”（pets-de-nonne / soupirs-de-nonne, 两者都是奶油馅点心）是其中比较文雅的一些。书面食谱集在中世纪晚期的广泛传播折射出新兴中产阶级对贵族社会饮食风俗的模仿欲，在餐桌上“吃得像上等人”成了谋求阶级跃升的过程中较易实现的环节。但是，对味觉享受的高度关注始终具有伦理风险，因为在教会于 6 世纪左右将原本殿后的“骄傲”(superbia)与“虚荣”(vana gloria)合二为一，并提至众罪之首前，中世纪早期许多教父作家都将“饕餮”列为首罪。“饕餮”(gastrimargia/gula)在 4 世纪教父约翰·卡西安(John Cassian)的“八宗罪”名录中位列第一（其余依次是淫欲、贪婪、愤怒、悲伤、懒惰、虚荣、骄傲），被认为是依次触发其余罪过、引起蝴蝶效应的第一宗罪。这种看法在中世纪盛期和晚期并未消失，乔叟在《坎特伯雷故事集》之《赦罪僧的故事》中借兜售赎罪券的“赦罪僧”之口说得再直白不过了：

哦，满该诅咒的饕餮(glotonye)！

哦，我们毁灭的第一因！……

整个世界都被饕餮腐蚀。

先父亚当，还有他的妻，

跌落天堂，坠入劳作和悲恸

毫无疑问是被那宗恶习驱使。
我读到过，只要亚当持斋，
他就仍在天堂
[……]
呜呼，短短的喉咙，柔软的嘴
驱使人类跑东跑西，跑南跑北，
在土、气、水元素中苦苦劳作
就为了大快朵颐珍馐和美酒！

（第498—99行、第504—509行、第517—20行，包慧怡译）

亚当、夏娃在伊甸园中的僭越被说成是饕餮的结果，这并非中世纪解经家的主流看法。乔叟为读者呈现了一对主要罪过在于“管不住嘴”的老饕夫妇，自然有对冒充神学权威的虚伪“赦罪僧”本人的反讽。但这些诗行对贪食导致的灵性堕落的批评无疑是辛辣又不留情面的：

当人这样痛饮红葡萄酒和白葡萄酒，
就是把自己的喉咙变成了厕所……

……肚皮是他们的神！
哦腹部！哦肚皮！哦恶臭的口袋，
填满了粪便和腐败！
两头的声音都不堪入耳。
要喂饱你得花多少功夫和时间！
厨师们苦苦敲打、拉伸、碾磨
把实体化作了表象
就为了满足你们的饕餮之欲！
他们从坚硬的骨头里敲出
骨髓，因为他们不会扔掉任何
能松松软软地通过食道的东西。
用树叶、树干和树根做香料
他的酱汁也要制作精良，
好为他创造一种全新的胃口。

（第526—27行、第533—46行，包慧怡译）

乔叟不仅把饕餮者塑造成拜偶像的异教徒（“肚皮是他们的神！”），还把暴饮暴食的过程描绘成一种“颠倒的圣餐”意象（“当人这样痛饮红葡萄酒……把实体化作了表象”）。教会

女士将烤孔雀置于头盔上方赠予骑士，《亚历山大传奇》14 世纪抄本

设立圣餐礼的经文依据主要出自最后晚餐上耶稣的话："他们吃的时候，耶稣拿起饼来，祝福了，就擘开，递给门徒，说：'你们拿着吃，这是我的身体。'又拿起杯来，祝谢了，递给他们，说：'你们都喝这个，因为这是我立约的血，为多人流出来，使罪得赦。'"（《马太福音》26:26—28；另可对参《马可福音》14:22—24，《路加福音》22:19—20 和《哥林多前书》11:24—26）围绕圣餐礼中的圣餐变体论（Transubstantiation）的争论——弥撒仪式中的圣餐饼和圣酒是否在实质上转化成了基督的身体和鲜血——历史悠久，是神学史上悬而未解的难题。然而，乔叟在短短几行诗中举重若轻：饕餮者口中的食物和酒不仅没有像耶稣预言的那样成为更高的精神存在，反而逆向流入中世纪解剖学中象征纯粹物质性的腹部（"哦恶臭的口袋，/ 填满了粪便和腐败！ / 两头的声音都不堪入耳"），沦为彻底与灵性和拯救无关的秽物。如果说御厨们使出全身解数完成的烹饪看似一种元素的炼金术——将寻常食材提升

为味觉体验超凡的珍馐，那么乔叟式的对饕餮的无情鞭挞却揭示，这类“反圣餐”的烹调术再炉火纯青，也无法令其受用者获得精神裨益，反而只会成为他们亵渎自身并远离救赎的诅咒。

烤孔雀盛宴，《亚历山大的征服和伟业》15世纪抄本

关于味觉的感官教育散见于各种文类，包括贵族礼仪书和居家守则（比如上文提到的《童蒙指南》）、修院僧侣指南（比如圣维克托的休所著《见习修士指津》）、悔罪手册、忏悔牧师指南等。《童蒙指南》给出了十分详尽的15世纪上流社会餐桌礼仪，比如：“用小刀切面包，但不要切断……不要把脑袋扑在盘子上，不要含满一嘴酒；不要在吃饭时挖鼻孔、剔牙、剔指甲，这点我们都学过；不要往嘴里塞太多肉，这样别人和你说话时，你可以回答……不要用刀把食物送入嘴里，不要用手抓肉……如果你的盘中还有肉却已被撤走，换上新盘，礼节要求你就此放手，不能请求退还原来的餐盘。”盎格鲁–撒克逊时期，在遵循本笃会教规的英国修道院里，僧侣们

原则上需要在日课（涉及唱诗和祈祷）之外的时段保持沉默，餐桌上更是严禁闲谈和喧哗。那么长桌这头的僧侣若要取那一头的盐瓶怎么办？一种无声的另类语言应运而生。成书于11世纪的《修院手语》（*Monasteriales Indicia*）用古英语记载了坎特伯雷基督堂本笃会僧侣日常使用的127种手势语言，这些手语可以指代各类人员、书本、圣礼用品、工具、衣物，当然还有餐桌上的食物。比如“牡蛎”（ostran）的手语编号是72，该条目描绘了模仿撬开牡蛎的动作：“如果你想要一只牡蛎（Gif þu ostran habban wylle），就合拢左掌，好像手掌里真有一只牡蛎，然后用一把小刀或者手指来模仿开牡蛎的动作。”黄油（buteran）、食盐（scealt）、胡椒（pipor）这些食物都有各自的手势，其中一些几乎原封不动地保留到盎格鲁-诺曼时期，甚至保存在现代英国手语BSL（British Sign Language）中，比如表示“鱼”（合拢手指，摆动手腕模仿鱼游泳的样子）和“黄油”（右手食指与中指摩擦左手手心，模仿涂抹黄油的动作）的手语一千年来大致没有变化。

从中世纪感官论的角度来看，修院餐桌礼仪要求缄默并非偶然。“言”（speech）或说话的技艺是“口”的两种感官功能之一，即“口”的主动官能；“口”的被动官能则是“尝”

（taste）或味觉。五种外感官中，只有口同时具备“发出”和“接受”这两种运作方向截然相反的官能——区别于同一官能中本身具有的双向性，比如视觉的“外溢”和“内溢”理论。C.M. 沃尔加甚至在他的《中世纪晚期英国的感官》（*The Senses in Late Medieval England*）中拆开两者，为“言说”和“味觉”各辟一章，其他四种感官（触觉、听觉、嗅觉、视觉）各自都只占一章。如果我们能看到口的两种官能“言”和“尝”之间唇齿相依的关系，或许就不会奇怪为何在被动官能“尝”所主导的餐桌上，主动官能“言”需要被谨慎地遏止，或至少是节制。

同理，中世纪人有时相信所尝之物的物理特性会影响所说之言的精神属性。特定的食物被认为具有治疗失语症的功能，比如为了促进婴儿说话而在其舌头上放置黄油或蜂蜜，或是为了治好结巴而服用浸在酒里的紫罗兰。相反地，亨利二世

使用手语的盎格鲁－撒克逊宴会，11 世纪《提贝里乌斯颂诗集》

的私生子杰弗里在马尔堡从林肯主教一职退位后，人们相信当地的一口泉水会让品尝它的人说出糟糕的法语——至少12世纪作家沃尔特·马普（Walter Map）在他的《朝臣逸事》（*De Nugis Curialium*）里试图让读者这么相信——以至于任何法语说得差劲的人后来都被称为“操一口马尔堡法语”。马洛礼的《亚瑟王之死》（*Le Morte d'Arthur*）中，圣杯第一次向圆桌边团团坐的骑士们显现时，每个人都感觉口中尝到了符合各自心意的珍馐，以至于没有一个人能够开口说话。这一体两面的感官以其物质和精神维度之间的奇妙张力，丰富和规范着中世纪欧洲活色生香的味觉文化。

轻抚神圣

《高文爵士与绿骑士》中的触觉表述

感官（sensorium）及对感官认知（sensory perception）的态度在中世纪人思想、文化、情感模式的形成中都扮演至关重要的角色。盛行于古典哲学和早期基督教传统中的“抑肉扬灵”的灵肉二元论，其影响贯穿于整个中世纪，在中世纪盛期和晚期的宗教和文学作品中表现为一种对身体、感官乃至所有基于肉身的感官体验的普遍不信任。感官认知被人为地与灵性认知（spiritual perception）和神秘认知（mystical perception）对立起来。中世纪作家甚至需要发明一整套“心之感官 / “内感官”的词汇,作为“肉之感官 / 外感官”的对立，才能以看似中立或褒扬的口吻谈论感官和感官体验。一如 12

世纪法国神学家里尔的阿兰所言，“心之双眼被肉之迷雾所遮蔽，在这场日食中变得虚弱、孤立、迟滞。因此，肉身的影子可鄙地裹住了人类的理性之光，精神的荣光亦变得毫无荣耀可言”，类似的表述还有心之耳、心之口、心之手等。

一、中世纪英国感官论概述：神学、哲学、科学与文学文本

里尔的阿兰在其拉丁文论著《自然哀歌》（*De Planctu Naruta*）中表达的上述观点，代表了典型的中世纪基督教语境下的灵肉二元论态度。这种观点植根于更早也更驳杂的哲学和宗教传统，到了中世纪盛期已经发展为对身体及其感觉器官的全面贬抑。因此在 12 世纪，熙笃会修院长明谷的贝尔纳（Bernard of Clairvaux）能够在《论教士的皈依》（*De Conversione ad Clericos*）中毫不迟疑地将“意志太太”比作一具“怪胎身体”，其每一种感官都对应一种罪恶，“浪游的脚和放逸的眼睛是好奇心的奴隶，耳朵和舌头是虚荣的奴隶……巴不得整具身体全部变成眼睛，或者所有的四肢全部变成一根狼吞虎咽的食管”。神学家和文学家们常常用肉体的

绿魔鬼和奥古斯丁，米迦勒·帕切特，15世纪

比喻来描述精神的堕落或扭曲，相反的情况则几乎从未出现过。中世纪对灵肉关系的主流看法被勒·高夫概括为：“身体是一间囚室（ergastulum），一座禁锢灵魂的奴隶监狱”。

如果身体本身被看作一种阻止精神升华的监狱或障碍，那么身体的各种感觉器官、它们的感受功能、经由它们获得的一切感官体验和知识都受到普遍的不信任也就不足为奇了：所有这一切都是典型的中世纪“感官怀疑论”（sensual skepticism）的警惕对象。色、声、香、味、触五种外感官被看作开在肉身这座“灵魂监狱”上的五扇靠不住的大门，时刻准备放任外界的种种刺激和罪恶进入，攻破灵魂的防守并诱其沦陷。与此同时，人们也相信感官如果得到合理的控制和引导，就能成为通向美德与崇高精神的捷径，反过来为灵魂抵挡外界的诱惑。希腊教父奥利金（Origen）称身体感官为“决定‘生’或‘死’进入灵魂的窗口”；阿兰将五种感官比作守卫灵魂的五个“哨兵”，“感官们如哨兵般守夜”；贝尔纳则在对《雅歌》的评注中使用一连串赋予感官以精神维度的比喻，并将渴求上帝的过程描述成一种触觉经验：“你将用信仰之手、渴望之指、虔敬之拥抱去触摸；你将用心灵之眼去触摸。”只要运用得当，感官可以成为人与神之间交流互动的工具，这一点在许多中古英语文学作品中得到了栩栩如生的表现。本文要着重分析的 14 世纪头韵长诗、基督教骑士罗曼司《高文爵士与绿骑士》（*Sir Gawain and the Green Knight*, 以下简称《高文》）就是其中典例。[1]

J. R. R. 托尔金从中古英语翻译为现代英语的《高文爵士与绿骑士》封面

早期教父作家如奥古斯丁和哲罗姆很早就论证过感官和精神性之间的关系。“道成肉身”这一基督论（Christology）核心事件使得通过感官去认识神具有了合法性，这在 4 世纪时已是神学家们普遍接受的观点。中世纪许多重要的百科全书式作家，包括伊西多尔（Isidore of Seville）和阿奎那（Thomas Aquinas），都曾撰文阐述如何“通过感官去回应神圣的在场”这一话题。然而在英格兰，是从中世纪盛期以降，尤其

① 本文包括《高文爵士与绿骑士》在内的《珍珠》手稿文本均由作者译自中古英语。

是 12 世纪亚里士多德的大量作品首次被译为拉丁文起——其中《论灵魂》（*De Anima*）和《论感官与感官体验》（*De Sensu et Sensato*）对欧洲中世纪感官论产生了尤为深远的影响——关于感官的神学、哲学和科学（三者在中世纪往往密不可分）论著才在书写数量和认知深度上都达到了新高度。这些由中世纪英国人书写的拉丁文作品包括但不限于："英国人"巴多罗买所著《物性论》；"英格兰的亚里士多德"布朗德所著《论灵魂》；经院哲学家博利（Walter Burley）所著《论感受性》（*De Sensibilibus*）；林肯郡主教格罗塞泰斯特及其学生"奇迹博士"培根的众多作品片段。同时期论述感官的俗语（中古英语）文本则包括默克（John Mirk）的《教区牧师指南》（*Instructions for Parish Priests*）和匿名神秘主义作品《无知之云》（*The Cloud of Unknowing*）的片段。

在上述 12 世纪以降英国基督教作家的感官论中，格罗塞泰斯特的看法尤其具有代表性：身体的五种官能是上帝赐予的，它们理应成为一个人发现和改善自我的渠道；假如遭到滥用，它们则会沦为魔鬼做工的舞台，或直接被撒旦剥夺。因此肉体和官能的残疾在中世纪从来不仅是病理学问题，往往还是神学寓意和宗教伦理的彰显：没有无辜的麻风病人，没有无辜的哑巴、聋子、瘸腿和怪胎。如果一个人的器官发生了扭曲，那么要不就是污鬼住进了他的身体（如我们在《新约》诸多“奇迹叙事”场景中读到的），要不就是他内心扭曲的外在体现。并且内心的恶习常常与外在的残缺一一对应，比如麻风病被看作内心淫荡的外在体现，突然丧失说话能力

“触觉”，《淑女与独角兽》壁毯组，今藏巴黎克吕尼博物馆

则被看作用言语亵神的结果，体现了一种与但丁的《地狱》和《炼狱》相通的“对位惩罚”逻辑。这种今天看起来涉嫌歧视的灵肉观，深植在普通中世纪人的意识形态中。同时，与上述直接处理感官问题的神学、哲学和科学论著不同，这类观点常常间接却生动地体现在一系列古英语和中古英语文学作品中，它们包括：《东方奇谭》（*The Wonders of the East*）、《农夫皮尔斯》（*Piers Plowman*）、《约翰·曼德维尔爵士游记》（*The Travels of Sir John Mandeville*）、《坎特伯雷故事集》、《高文爵士与绿骑士》及其匿名作者（通称“高文”诗人或者“珍珠”诗人）的另三首头韵长诗《珍珠》（*Pearl*）、《清洁》（*Cleanness*）和《坚忍》（*Patience*）、有时被归入“珍珠”诗人名下但学界对作者身份尚无定论的《圣艾肯瓦德》（*St Erkenwarld*）等。

简而言之，这些文学作品精彩的感官表述背后有一种共通的宗教伦理意识：个人对身体感官的运用是“虔敬的”还是“亵渎的”将决定肉身死后灵魂的归宿，即获救和永罚之间的差别。兰格朗（William Langland）在《农夫皮尔斯》中塑造的“擅看”（Se-Wel）、“擅听”（Here-Wel）、“擅言”（Say-Wel）、“擅行”（Godfry Go-Wel）、“擅用手做工”（Worche-Wel-Wyth-Thine-Hande）五位先生是这种意识最直白的拟人化形象，他们的共同使命是拯救“灵魂女士”。到了“珍珠”诗人的四首叙事长诗中，这种意识在一系列“清洁”或“不洁”地调遣感官的正面或反面“示例角色”身上得到了戏剧张力十足的表现。比如《清洁》中，罗得在所多玛城门边打量两名天使的目光完全是肉欲的：“他看见两个俊美青年……下巴光滑无须 / 丝绸般的秀发起伏如波浪 / 裸露的肌肤娇嫩如石楠花……五官精致，没有任何瑕疵。”（《清洁》，第 786—94 行）即使下文中罗得为保护天使将女儿献给淫乱的同乡，他观看天使的不够虔敬的目光已使他成为这座罪恶之城的一员。对罗得视觉经验的描述与前文义人亚伯拉罕初见三名天使时只有一行的极简表述形成了鲜明对照：“他们神情快活，光明磊落，样貌美好”（《清洁》，第 607 行），二人之间的道德差距很快会在诗歌后文显示出来。类似地，在《坚忍》中，先知约拿不愿遵从上帝指令时发出的嘟囔抱怨声与尼尼微国王恳切的忏悔哭喊声形成了对照。《珍珠》中，天国里圣羔羊全身香料的芬芳与死海硫黄和沥青的臭气形成了对照，象征着真福与永罚之间的差距。这样的例子比比皆是，“珍珠”诗人在归于其名下的四首共计六千多行头韵诗中，以其高超的诗艺详细描绘了不同主人公的感官体验，成为我们研究 14 世纪英国文学中的感官表述的珍贵文本。下面我们将聚焦《高文爵士与绿骑士》这首骑士罗曼司叙事诗，并将它置于“珍珠”诗人其他作品的文本背景中，着重考察其中对“触觉”的表现。

二、感官金字塔中的触觉：高文爵士的伦理困境

早期教父时代到中世纪晚期的基督教感官文化史中，触觉长久以来位于感官金字塔的底部。这种“感官等级制”很可能源于亚里士多德和西塞罗，并在奥古斯丁手中基本确立，深远地影响了后世的感官理论。五种“外感官”的等级通常自上而下这样排列：视觉（对应最轻的“火”元素）、听觉（对应“气”元素）、嗅觉（同时对应“气”和“水”两种元素）、味觉（对应“水”元素）和触觉（对应最重的“土”元素）。触觉不仅由最“粗糙”的自然元素主宰，还被认为是“肉身”成分占据最多的感官，因此也对信徒的精神福祉造成最大的潜在威胁。奥古斯丁甚至认为，对基督徒的灵魂而言，再没有什么比一个女人的触摸更危险的东西。

对感官体验的巨细无遗的描绘常被看作中世纪罗曼司的

一个典型特征。克尔（W. P. Ker）将 12 世纪罗曼司阐释为作者们不断用文字“寻找新的感官刺激”的成果。奥尔巴赫(Erich Auerbach）称法国“亚瑟王文学之父”克雷蒂安（Chrétien de Troyes）的作品中有“大量诉诸感官的优雅描绘”。“珍珠”诗人亦为感官描绘的集大成者，并在 14 世纪下半叶的英国将其发展到新的艺术高度。《高文》第二幕，高文爵士离开亚瑟王的宫廷卡米洛特、前往“绿教堂”前的仪式性武装场景中，诗人用大量笔墨描写了高文的盾牌，尤其是盾牌正面作为他个人纹章的黄金五芒星。这个据说由所罗门王设计、英国人称之为“无穷结”或“德鲁伊祭司的脚丫”、五个点与五条线一笔相连的符号是高文“诚信的标徽”（token of trawþe），象征着高文的 25 种美德（每组五个，共五组）。其中第一、第二组美德直接和感官相连：高文对“五种感官”的使用“毫无瑕疵”（fautlez in his fyue wyttez, 第 641 行）；并且他“使用五根手指时从不犯错”（fayled neuer þe freke in his fyue fyngres，第 642 行）。后者立刻让我们想起《清洁》中“珍珠”诗人对基督的完美手指的描绘。《清洁》虽是一首改编自拉丁文通行本《圣经》的宗教训谕诗，却在它长达一百行的对基督“清洁”的一生的描述中，塑造了一个类似中世纪罗曼司主人公的“骑士基督”，而触觉表述在其中占据核心地位：

无论他摸到什么，病症立刻痊愈
远远比任何医术的设计更为洁净
他的触碰满有恩慈，污秽都远离
他的触摸如此美妙，属人又属神
他从不操心手指的技巧，不费心
清点数字，不用匕首或刀刃切割
因为他徒手就能切开面包，没错
它在他白净的手中更完美，当他
掰开它，它就更精确地裂为两半
切割工艺胜过图卢兹所有的刀具
你们寻找的那位是如此严苛清洁……

（《清洁》，第1099—1108行，包慧怡译）

在这几行诗中，我们可玩味中古英语“clene”一词的多种语义可能性：除了字面义“远离污秽”外，它可以指道德上的洁净，如在现代英语词语“良心干净”（a clean conscience）

中；亦可指物理上的精确性，如在现代英语“整齐的切口”（a clean cut）及其衍生形容词“清楚分明”（clean-cut）中。基督的手指及其触碰是如此“清洁”，不仅能使不净的疾病化作洁净，更能比刀刃更“精确地”切开面包。《高文》中描写高文“从不犯错”的手指是对上文他“毫无瑕疵”的感官的具体描述，而下文紧接着写他对基督五处伤口的效忠，再次回应《清洁》中关于基督生平的诗行。结果是，我们能够在高文爵士和基督本人之间建立一种类型义（typological meaning）解读：《清洁》中的基督如同骑士般为人类的灵魂而战，《高文》中全副武装、准备去迎战魔鬼般对手的高文爵士则因为立誓“效法基督”而成为一种“小基督”。

与此同时，和“洁净”或“善”一样，《高文》中的“恶”也被描述成首先通过感官来传递和经历。当高文第一眼见到那座荒凉而不祥的“绿教堂”——实际上只是一座荒草丛生的中空土丘——他感慨道：“现在，我感到是魔鬼通过五种感官 / 引诱我接受这挑战，只为在此地取我性命。”（第2193—94行）这就将我们的注意力引至《高文》全诗最核心的触觉意象：引诱者、“蛇蝎美女”（femme fatale）波提拉克夫人送给高文爵士的绿色腰带。一连三夜，高文在红胡子波提拉克爵士（绿骑士的伪装，读者和高文一样要到全诗末尾才知道他的真实身份）的城堡里留宿；一连三个早晨，高文躺在床上遭到了女主人的情欲攻势，并为如何在不失骑士风度和典雅爱情礼仪的前提下守住自己的贞操和城堡主人的名誉费尽心思。最后一天早上，夫人终于放过了高文，却在临别前坚持赠他一件信物，并在起先要送高文戒指被婉拒后，一定要他收下一条看似无害的绿腰带——岂止无害，夫人还保证这是一件救命的法宝，能够在不久后他与绿骑士的对决中保他不死。高文听闻腰带有如此魔力，就收下了这件贴肤的亲密礼物。这当然是一件主要通过触觉发生作用的信物：它曾经持续触碰着夫人的身体，“她轻轻解开一条缠绕她腰身的系带 / 它被束在她的衬裙之上，鲜艳外袍之下”（第 1830—31 行）；现在则被贴身系上他的身体，时刻被穿戴，被感受，被触及，“他把宝剑系上自己平滑的侧腰 / 然后用这信物缠绕周身两圈 / 又快又利索，那位骑士束好 / 绿丝绸腰带，衬他潇洒的体态”（第 2032—35 行）。

在这场不对等的礼物赠予仪式中，赠予者将腰带作为定情物送出，被赠者却以为接收的是护身符。绿腰带对于相信其神力将挽救自己生命的高文来说不啻是一种圣物，与流行于整个中世纪的对真十字架碎片、图灵裹尸布、沾有基督宝血的织物、贝克特（Thomas Becket）的胫骨等各种圣人遗物的狂热崇拜并无不同。圣物崇拜的运作法则和核心逻辑在于：必须亲自用双手或身体的一部分接触"神圣性"的物理在场。换言之，"神圣性"（及其能够提供的一切庇佑和福利）可以通过触觉在人与物之间传递；触摸即信仰（Touching is believing）。

让-吕克·南希在《身体》（*Corpus*）中写道："在某种意义上，基督教中无一物不可触碰，因为就连神的身体都被献上供人们吃喝……基督教是一种'触觉宗教'的发明物，该宗教属于可感知者，属于对身体和心灵都紧邻的在场。"除了南希所讨论的圣餐礼（Eucharist）中的触觉，对观福音中亦充满关于耶稣通过触觉治愈病人乃至复活死人的奇迹叙

高文爵士经受来自波提拉克夫人的触觉试炼，《珍珠》手稿

事，其中不少被“珍珠”诗人用作《清洁》和《坚忍》的经源。比如《马可福音》中关于患有血漏的妇女从背后触摸耶稣身体的记载：该妇女自忖，“我只摸他的衣裳，就必痊愈”；事实的确如此，而耶稣“顿时心里觉得有能力从自己身上出去”，并向门徒询问：“谁摸我的衣裳？”（《可》9:28—30）这则叙事以耶稣宣布该女子的信仰治好了她的疾病收尾。它的罕见之处在于，是患者主动向“能力”或“神圣性”的源头伸出手去，而非一般奇迹叙事中处于被动接受的一端。

仿佛为了构成叙事的镜相，《马可福音》中位于“血漏妇女”故事之前的恰是“睚鲁女儿”的故事。名叫睚鲁的会堂管理者祈求耶稣医治他垂死的女儿，“求你去按手在她身上，使她痊愈，得以活了”（《可》5:23）；此处，耶稣乃是经典奇迹叙事中触觉体验的主动施与方。《新约》中最著名的那部分触觉中心主义的表述往往是作为对于深植于经文的视觉怀疑主义的补偿出现的。对怀疑者多马（Doubting Thomas）这样的门徒而言，除非亲手触摸圣伤，除非“用指头探入那钉痕，又用手探入他的肋旁”，就无法相信耶稣已复活（《约翰福音》20:25）。十二门徒之一尚如此，况且普通人。对大部分平信徒而言，“眼见为虚”（Seeing is not believing），肉眼所见常被当作幻象，“相信”的达成必须借助以触觉为首的其他感官，一如汉字“看”由掌管视觉的“目”与负责触觉的“手”共同构成。这种作为对视觉表述的补充而出现的触觉表述，似乎成了《新约》中关于普通人不具备足够信心的常规表述，一种对多马这类“小信者”的含而不露的批评。

和多马相似，高文在波提拉克爵士的城堡中，不把得救的希望寄托于基督或此前回应过他祈祷的圣母的神恩，却宁肯相信凡人赠与的可触的魔法护符。因此，高文与最后的敌人绿骑士对峙之前就已失去了“诚信”（trawþe），提前在全诗第三幕这场看似考验贞操、实则检验信仰的“交换猎物”（Exchanging of Winning）游戏中败下阵来。

对“珍珠”诗人来说，最重要的“触觉中心主义”的经文案例来自《路加福音》所录“以玛忤斯的晚餐”（Supper at Emmaus）的故事。复活节当天早晨，天使已向抹大拉的玛利亚等妇女宣告基督复活的消息，门徒们却不相信由她们转达的喜讯。有两个门徒正朝耶路撒冷附近名叫以玛忤斯的村庄走去，耶稣在途中向他们显现，然而“他们的眼睛迷糊了，不认识他”（《路》24:16）。抵达村庄时，门徒邀耶稣共进晚餐，耶稣用手“拿起饼来，祝谢了，擘开，递给他们”（《路》

《怀疑者多马》，卡拉瓦乔，1601 年

《以玛忤斯的晚餐》，卡拉瓦乔，1601 年

24:30)。此刻他们才恍然认出他们的老师来，耶稣随即隐没。在那决定性的神启时刻，使门徒们双眼明亮的是一个触觉的动作，即耶稣掰饼时干净利落的手势——不是基督的“视像”(在前往以玛忤斯的路上已经显现)，也不是他的“声音”(耶稣一路都在为两个门徒重新讲经)；那时门徒们有眼却盲，有耳却聋。这段经文与本书第157页所引《清洁》诗句之间的关系十分明显，在笔者视野中，尚未有研究注意到它与《高文》之间的文本共振。

在以玛忤斯的晚餐桌旁，如同在怀疑者多马面前，触觉式神显(haptical epiphany)是诉诸其他感官的神显都失败之后，基督所能呈现其神性的最大限度。触觉是神子能呈现的可感知性(perceptibility)的最大值和终点，却是以玛忤斯门徒和多马为代表的凡人能够开始相信的起点和最小值。触摸即信仰，对此世沉重的肉身而言，“至少”要能“实实在在地”触摸到，才能踏上信仰之路。就如同对于波提拉克夫人，绿腰带所传递的贴肤的亲密是对她未能获得的情欲满足的补偿，高文却相信它是实在可感的“力量”之物——上述“血漏妇女”故事中耶稣提到的从他身上出去的“能力”(power)，也是在典型中世纪圣物信仰中被认为能够通过触觉在物体与物体、物体与人、人与人之间自由传递的“力量”（virtue）。要到威克利夫的年代，早期罗拉德派（Lollards）等异见者才开始广泛挑战所谓接触圣物就能触发奇迹的官方信条。因此，诗人的 14 世纪读者对于高文将获救的希望寄托于区区一条贴身的腰带并不会感到惊骇，相反还可能感到同情和理解：相信可触的圣物本身并非大错，错的是误把充满情欲的信物（即使赠与者声称它不是）和考验他诚信的工具当作能够传递力量、保障拯救的“圣物”。

诗人可信地预测了同时代读者的反应，并通过描写高文回到亚瑟王宫后圆桌骑士们的反应来表现这种预测：所有人都对高文的“小失误”表示理解，对他的持续自责报以“响亮的大笑”，认为高文对自己太过苛刻（第 2514 行）。但细读全诗后，我们不难看出诗人自己的态度。无论表达得多么节制，诗人仍然试图点明：高文失信的本质在于非要抓住一个可触的“准圣物”，而不能够“凭空”相信基督的恩典本身；佩戴绿腰带并不是“小失误”，当高文选择了福音书中已被含蓄批评的触觉中心主义，他就已经自动加入了多马和以玛忤斯门徒们的阵营，成为“小信者”的一员，丧失了作为基督的完美骑士的资格。高文最终会发现那条绿腰带不是保障生命之物，却是精神和伦理上的“死亡提醒”（memento mori），于是他在回到亚瑟王宫后终生佩戴这条绿腰带，提醒自己永不再犯。

三、惩戒和忏悔：两幕“断头游戏”中的触觉

作为奥古斯丁传统中与肉身关系最密切的感官，触觉是体罚或肉刑的基础，一种规训与惩罚得以实现的手段。中世纪史上作为公共景观的惩罚仪式中，触觉始终具有核心地位：当一件无生命的物体触碰乃至直接进入一个人的身体，触觉消弭了将身体与其外在环境隔绝开来的边界，使得“被触及者”在某种意义上失去了一部分人性。中世纪史家记载的无数公开羞辱肉身和处决犯人的案例，其背后的共同逻辑就是：将受害者的触觉体验转化成围观众人的视觉体验，以起到杀鸡儆猴和彰显权力（往往是君权或教权）的效果。沃尔加为我们梳理了一系列成文于中世纪晚期的公开处刑记录，其中以诺曼法语写于 12 世纪的《圣徒劳伦斯生平》（*La Vie de Saint Laurant*）绘声绘色地描述了圣劳伦斯被慢火烤炙的殉道场景：

绿骑士高举自己被砍下的头颅，《珍珠》手稿

“在烤架上，他感觉不到任何炎热，只感到凉爽和冷静，只感到上帝的慰藉。”这很容易让我们想到《高文》的开篇，当高文代替亚瑟王接受“断头游戏”（Beheading Game）的挑战并一斧子砍下绿骑士的脑袋时，那具无头身体却“没有倒下，也没有摇晃”，使得全体在场的圆桌骑士们惊骇不已：

高文抓过斧子，高举在空中
左脚迈向身前，稳稳着地
敏捷挥斧，砍中赤裸的脖子
斧头的利刃劈碎骨头，没入
白花花的颈肉，把它一切为二
明晃晃的金属斧刃插进地面。
那颗英俊的头颅从颈上滚落
滚到众人脚边，被他们踢来踢去
鲜血溅出躯干，在绿皮上闪光

但那人没有倒下，也没有摇晃

却用强健的双腿稳稳站立起来。

（《高文》，第 421—31 行，包慧怡译）

仔细考量引诗中使用的中古英语动词，我们会发现这幕断头戏中充满触觉词汇，几乎在邀请读者对“被触及者”的肉身痛苦感同身受：斧刃劈碎骨头、深深陷入颈肉、切断脖子、鲜血飞溅，赤红的血液在绿色躯干上形成鲜明色差。时值新年，卡米洛特宫的圆桌上放满了珍馐美味，亚瑟王却拒绝开饭，除非他先听到某种“闻所未闻的冒险故事 / 某种了不起的奇观”（第 93—94 行）。仿佛回应他的心愿，一名从装束到皮肤、从胡子到坐骑全是耀眼绿色的高大骑士策马进入大厅，向圆桌骑士们提议玩一局“游戏”（gomen，与下文表示“人”的中古英语单词之一 gome 形似，构成巧妙相关）——让亚瑟王或他的骑士砍掉绿骑士的头，如果绿骑士

亚瑟王及其骑士在圆桌边，15 世纪早期抄本

活下来，一年零一天后就要在自己的“绿教堂”回砍那名骑士的头。

“断头游戏”本身在中世纪文学中不是一个罕见的母题，汤普森在他的民间文学母题编目系统中将它录为 M221 号。它可能首次出现于 8 或 9 世纪古爱尔兰语史诗《布利克琉的盛宴》(*Fled Bricend*)，后来又在 12 和 13 世纪法国罗曼司《卡拉多之书》(*Le Livre de Caradoc*)、《无缰之骡》(*La Mule saz Frain*)、《至高圣杯传奇》(*Perlesvaus*)、《高文与温堡》(*Gawain et Humbaut*)中反复出现，这些作品都可能是《高文》直接或间接的素材来源。

然而，只有《高文爵士与绿骑士》将一场“游戏”写成了景观性的公开刑罚，围观群众则是卡米洛特的圆桌骑士们，以被绿骑士激怒的亚瑟王为首：“先生，你的挑战愚昧至极 / 你所求的是一桩蠢事，只能自作自受……看在上帝的分上，把你的斧子给我 / 我这就把你自找的‘福利’赐给你”(第 323—27 行)。当高文自愿代替国君接受这场前途未卜的挑战，他不仅是在以刽子手的身份砍掉绿骑士的头，更是以类似于后世宫廷娱乐总管(Master of Revels)的身份，去提供亚瑟王在餐前要求的冒险故事或“奇观”(meruayle)——以公开执行“断头”为形式、以高文自己的生命为潜在代价的一场触觉奇观。此处的诗句暗示，任何能在这场致命的触觉游戏中完好无损地存活下来的人，已经如圣劳伦斯那样将奇观转化成了奇迹，因而或许也像圣劳伦斯那样具有无可指摘的品德。对比第四幕也即全诗最后一幕，作为第一幕中卡米洛特宫中断头游戏的镜相，绿教堂中绿骑士回敬高文爵士的三次“断头”具有截然不同的性质。高文躲开了第一斧，绿骑士虚晃了第二斧，只有第三斧具有实际的比较意义：

> 他轻巧地举起武器，下手准确
> 斧刃边缘恰好擦过赤裸的脖子
> 虽然砍得很重，却并未重创他（高文）
> 只是擦过他脖子一侧，破了点皮
> 斧刃穿过白净的皮肤没入颈肉
> 鲜血越过他的肩膀溅到地面上
> 高文看见自己的血在白雪上闪烁
> 就跳开一长矛的距离，双脚跨开
> 飞快抓过自己的头盔，佩戴停当
> 肩膀一拽，放低那面美丽的盾牌

抽出锃亮的宝剑，激动地开口——

（《高文》，第2309—20行，包慧怡译）

除了“没入”（schrank）一词（同样在第一幕的断头场景出现），此节中几乎所有的中古英语动词在暴力和血腥程度上都比第一幕明显减轻。斧刃只是“擦过他脖子一侧，破了点皮”，高文虽然流了血，却没有受到任何严重的伤害。绿骑士向高文施加的是一种被悬置和中止的触碰，他从未想对高文的肉身施以惩戒性的致命一击。相反，绿骑士真正想要“触及”的是高文的心灵，是后者信仰的核心。这种精神深处的触及必须通过悬置肉身层面的触碰来达成：通过一系列不彻底的触碰，或曰维持了距离的触碰，绿骑士成功地完成了“触及-触动”（touch）高文的使命。

绿教堂中的断头游戏发生在一处偏僻荒野上的土丘旁，在场者只有绿骑士和高文两人，与卡米洛特大厅中热衷于围观处刑的圆桌骑士们形成了鲜明反差。绿教堂断头一幕的性质并非景观式的公开惩戒，而是一场私密的、一对一的忏悔，犹如在真正的忏悔仪式中。高文在绿骑士向他披露自己的真实身份和动机后懊悔至极：“先生，我谦卑地向您忏悔／我的

行为铸成了大错 / 请让我知道您（关于我该如何赎罪）的意志。”（第 2385—87 行）绿骑士则笑着表示原谅：“在我看来……你的忏悔十分彻底 / 并且在我的斧刃下赎清了罪过 / 我已赦免你的过失，你已恢复清白 / 仿佛出生那天般，从不曾犯错。”（第 2390—94 行）在高文的灵魂被“触动”之后，双方的语言已经全然转化为忏悔者和有权赦罪的告解神父之间的圣礼（sacramental）语言，肉身的触觉亦已转化为心灵的触觉。

除了上文论及的触觉表述之外，《高文爵士与绿骑士》中还有大量亲吻、拥抱和握手的场面，诗人用以描写这些场面的方言词汇极为丰富，譬如全诗表示“拥抱”的中古英语动词几乎没有重复过。这一系列触觉经验的仪式性交换显示出双方社会地位的差异或平等、对骑士礼仪的遵守或违背以及人物在具体情境中的伦理困境。在其专著《中世纪叙事中的手势与神情》（*Gestures and Looks in Medieval Narrative*）中，伯罗（J. A. Burrow）将涉及身体接触的姿势与不涉及身体接触的姿势区分开来，认为前者通常发生在社会地位相近或相等的双方之间，后者则标志着君臣之类不对等的上下级关系。但《高文》中涉及接触的姿势具有复杂得多的精神含义：高文与波提拉克爵士之间数不清的握手和拥吻、摩根仙女

（Morgen le Fay）和波提拉克夫人对高文的执手相迎、高文从波提拉克夫人那里得到并还给她丈夫的一系列吻……要深入理解这些动作中触觉的文化和伦理内涵，有赖于将它们置于各自的文本语境中进一步细读。就 12 世纪以降的中世纪骑士罗曼司传统来看，叙事主人公对自己身体感官的使用得当与否，很大程度上决定了他或她的精神福祉乃至灵魂归宿。

触觉在中世纪感官论中一个显著的矛盾之处在于：它虽然位于感官金字塔的底部，传统上被认为是距离“精神性”最遥远的感官，却又是个人进行道德抉择的过程中最彻底和最直接地与外界发生互动的感官。在包括“珍珠”诗人全部作品在内的诸多中世纪文学文本中，具有如此特质的触觉本身就可以成为通往信仰的渠道和方式。“使用五根手指时从不犯错”的高文爵士试图通过“效法基督”来规范自己的感官体验，以期成为完美基督教骑士的典范，然而由于无法克服对死亡的终极恐惧，高文的伦理困境实际上是受困于身体“监狱”的人类的普遍困境，他的失败也是“每个人”（Everyman）都可能面临的潜在失败。

作为中古英语文学黄金时代“头韵复兴”的翘楚之作，《高文爵士与绿骑士》从多重角度折射出中世纪晚期英国人对感官和感官经验的认知，为我们提供了一个探索中世纪文学中的感官表述及其丰富的宗教、文化与伦理内涵的起点。诗中触觉表述与视觉表述间的彼此对峙和互相补充，也折射出奥古斯丁式感官金字塔对“外感官”进行等级划分的局限性。在“珍珠”诗人这样深谙古代晚期至中世纪晚期感官理论的作家那里，对人物塑造、戏剧张力、训谕修辞等文学效果的诉求始终先于对理论的恪守。并且这类作家正是在创造性地实现以上文学诉求的过程中，不断突破和消弭既有理论的界限，最终在更广义的思想史语境中，更新了中世纪感官论以及读者对它们的理解。

第三辑

地图之外的地方

“乐土”画史

画框内外的“幸福空间”

元宵后选了个凄风苦雨的工作日去上海博物馆看《从波提切利到梵高：英国国家美术馆珍藏展》，想着可以错峰观展，结果当然没错成。记忆里前一次为任何展览排这么长的队还是2015年故宫博物院的《石渠宝笈》特展。上次去英国国家美术馆（国家画廊）已是六年前的事，且因为工作需要主要在Sainsbury Wing细看中世纪绘画，留给其他年代的时间有限。当然，像国美这样体量的艺术品收藏机构本来就不能以观看次数论之，它是提供给普通民众随时休憩、终生学习的殿堂，一座城市有这样的一个地方，才是一座真正可以长居的城市。此次它在上博展出的画作虽然只有52件，但的确做到了精挑细选。在摩肩接踵的博物馆里看画是一件重体力活，却也带来在伦敦原址不可能拥有的全新空间体验。

整个观展过程中我一直想起加斯东·巴什拉意义上的“幸福空间”（l’espace heureux），在我看来这也是此次特展选画的一条隐藏线索。幸福空间是被人的意识和想象力所体验的、被记忆不断追溯和回归的人性的空间。它可以是一处具体的家宅，一座隐士的小屋，一方填满童年宝藏的斗柜，一处花园，甚至是一片理想风景的乐土（locus amoenus），但它通常需要与周边敌意的大环境（西洋画中最常见的敌意环境是荒野和海洋）有所区隔，将心灵收束在一种宁谧和安心的场所意识中。画框可以天然担任这种区隔。当我们在一幅画前凝神，就是自我区隔于周遭喧嚣的人群而自愿寓居于画家向我们展现的地貌。

但这往往不够。绘画中最隽永的幸福空间是那些被框中框（可以化身为廊柱、拱顶、围篱、窗棂等建筑线条，也可以是字面意义上的画中的画框）围起的层叠空间。这些空间的栖居者被其景深赋予一种不可侵犯的自行其是的潜能，在这些宜居空间里专注从事着各自的劳作（或专注地无所事事）并令时间凝固，凝视他们令我们感到幸福和艳羡，因为我们的意识也想居住在这被空间截流而慢下来的时间中。

展览的第一幅画、安托内罗·达·梅西那（Antonello da Messina）的《书房中的圣哲罗姆》就是这种层叠空间的典范。这幅画的空间嵌套极为巧妙，延绵不断的图像语言——达尼埃尔·阿拉斯意义上的“图像性细节”（le détail iconique）——不断昭示着内与外的分别，一步步将观者的目光引向画面至深处。从门框外徘徊的孔雀与鹧鸪（邀人入室），到室内的菱形花砖和带圆拱的三级台阶（邀人进入缮写区），到缮写台前方和侧翼的嵌入式书架（邀人观看哲罗姆的劳作与劳作成果），这是画面的前半部。古今翻译家的主保圣人哲罗姆被绘入了始于福音书彩绘抄本中的圣路加像、至梅西那时代已延续十余世纪的古代和中世纪缮写士肖像传统：任由文具、书柜和已写、正写、将写之书包围，在专注中锚定自身而成为隐士（anchorite），其周围的时间也被锚定（anchored）在这一方缮写室中。时光仿佛静止在这个洒满阳光的专注空间内，就连台阶左侧与哲罗姆朝向一致、神态宛如入定的猫咪也呼应这一氛围。

巴什拉说，“隐士的小木屋是修道院的原型。集中的孤独向四周散出一个冥想和祷告的宇宙……小木屋不能从‘这个

世界’接受任何财富，它幸福地拥有强烈的贫穷……越是赤贫，我们就越接近绝对的庇护”。梅西那笔下这间缮写室当然远比一间小木屋奢华，但传说中哲罗姆的确是在巴勒斯坦的荒野中自我放逐并完成《通行本圣经》（*Vulgata*）的翻译的。画家将作为一种精神性“幸福空间”的隐士小木屋搬到了深受北方文艺复兴影响的哥特式建筑空间内，让观者在更具肉身性的维度上体验到栖身于空间的诱惑。

画面前半部引人从开放走入幽闭，后半部则将目光从幽闭再次导向开放：右方柱廊里的狮子（传说哲罗姆曾为它拔去爪中刺）、左侧十字窗外的山脉与河谷、顶部拱券花窗外的飞鸟，这些细节再次将哲罗姆与他生命中的旷野联系起来，使得这缮写台前的一幕成为一种可视的“履历”（拉丁文 curriculum vitae, 直译“生命流经之路”）。唯有曾在荒野中历尽试炼之人方能彻底领会缮写室中的幸福。一种垂直维度上的场所依恋归拢着画中人的目光，使之向下扎根于此刻。沉浸于这一时刻的我们亦分享这种扎根的幸福。

安托内罗·达·梅西那《书房中的圣哲罗姆》，约 1475 年类似的体验也可以在本次展览的北方文艺复兴区、昆廷·马西斯（Quinten Massys）的《宝座上的圣母子和四天使》中获得。画中圣母的宝座后背仿照一座哥特式教堂的拱券和玫瑰窗，甚至像是一架高耸入云的管风琴；一对天使构成的华盖下，母子共同安详读经的时刻得以呈现——不消说，此画不可见的“前履历”展开于伯利恒荒野中的马厩。此次特展中位置相对不起眼的大卫·威尔基爵士（Sir David Wilkie）的《跪在祈祷台前的年轻女人》也有相似旨趣，一对同时作用于垂直和纵深视野的高烛是其空间的题眼。该画是英国国美收藏的第二幅苏格兰画作（2014），构图上可以和泰特美术馆收藏的约翰·米莱（John Millais）的《玛丽安娜》（1851）对观而视，后者的真迹前年夏天曾在浦东美术馆展出。

大卫·威尔基爵士《跪在祈祷台前的年轻女人》，1813 年

下一幅曾经在伦敦看过、这次在上海才真正抓住我目光的肖像画是提香的《达尔马提亚女人》（*La Schiavona*，一译《女

子肖像》）——同样是因为画中的理想空间，这次是通过人为的“框中之框”。画中的无名女子衣着并不华丽，除了左手无名指上的两枚红蓝镶嵌宝石细圈金戒指以及颈上的双圈金项链，周身并无其他首饰，朴素的褚红带肩纱长裙甚至在齐胸线上露出磨损的线头，全无同时期威尼斯画派贵族女主人公

昆廷·马西斯《宝座上的圣母子和四天使》，1506—1509 年

肖像画的珠光宝气。女性肖像画在 16 世纪早期仍不常见，这位服饰黯淡、容貌平易近人的匿名女性却从深色背景中以目光摄持我们，同时用左手将观者的目光引向那块几乎占据画面六分之一的大理石板，其中是她自己的侧面浮雕肖像。

这幅画几乎可以更名为“看哪，那人”(Ecce homo)或者“认识你自己”(Gnothi seauton),虽然缺少这两句箴言的戏剧语境。我们被邀请观看一种大方袒露的“第二自我”（alter ego），或者干脆是画中肉身洗尽铅华后，在苍白而半透明的大理石中转过脸去的灵魂。这种灵魂的显影术（被认为模仿了古罗马浮雕宝石工艺）由可视而生硬的边界框定：矩形的大理石板连着画面底部同材质的护栏，这道护栏同样没有任何实际功用（除了为画家提供首字母签名的地方，但 T.V. 这两个字母原可以轻易置于占据画面三分之二的深色背景中）。这无因由的“框中之框”为沉思默想提供了

提香《达尔马提亚女人》，1510—1512 年

《达尔马提亚女人》细节

外在形式，让观者的目光可以从尘世的时间转入心灵的时间，或者从生者的时间转入死者的时间。

这就引我们注意到浮雕中女子发式的改变：在油彩的正面像中，她近乎中分的熟褐色头发被发网包裹，保守地垂坠于耳畔，暗示已婚和进入家庭结构的妇女的可敬；在以油彩去模拟的石刻的侧面像中，她的鬈发（除了额际和头顶的编发）却如未婚女子般披散，乃至于飞扬在颈后，仿佛在最坚硬的形式里反而取得了最轻盈的实质。[1] 时间是倒流了吗？假如我们将正面像视为当下时间，将手持的侧面像视为未来——由画中女子为自己发起的可见的死亡预警——那几笔飘曳的、与其材质格格不入的发缕是否在暗示一种全新的肉身，一种人类在超越尘世时间后方可获得的对重力的克服？或者，假如侧面像属于过去，而正面像

① 感谢友人钱文逸多年前给此段讨论带来的灵感。

中的女子要引我们加入她对自己的回忆，从已婚的此刻追看未婚的往昔？往返于“框中时间”和“框中框时间”之间多种可能性的互动，穿梭于油彩与石头、石头与发丝、无机物与有机物的虚实试探中，我们从这幅画的空间中获得的幸福，再次属于心灵体认的维度。就如让-吕克·南希在《肖像画的凝视》中所言:“与其说肖像画使某个人不死，不如说它展现了［不死的］死亡本身,或者在某个人身上那［不死的］死亡。这也许是它与死者面模本质上的差异，死者面模显现了死者，而不是死亡。面模抓取了死者的印记［被死亡所击打的产物］，肖像画则让死亡成为作品：让死亡在生命中，在形象中，在凝视中成为作品。”此言同时适用于提香这幅正面肖像画，以及作为画中画的侧面肖像，画中女子身份信息的缺失反而使其中闪耀的生死之思获得了无可比拟的普遍性。

此次展出的另一幅引起我注意的女子肖像、北方文艺复兴代表人物扬·戈赛特（Jan Gossaert）的《年轻公主》也呈现了非常有趣的框内空间。与提香画中匿名的达尔马提亚平民女子不同，戈赛特笔下十来岁的衣着华贵的少女被认为是丹麦公主多萝西娅（Dorothea of Denmark，1520—1580），1523 年被迫退位的丹麦国王克里斯蒂安二世的长女。除了镶满珍珠的礼服和发饰，画中最醒目的器物是小公主手中颠倒的托勒密式浑天仪。这种天文仪器作为图像志元素本身是航海大发现时期常见的王权象征——就如在英女王伊丽莎白一世晚年肖像中反复出现的地球仪（见于《登基肖像》和《无敌舰队肖像》中，均藏于伦敦的国家肖像美术馆）——也曾变身为浑天仪珍珠耳坠，摇曳于《迪奇利肖像》中伊丽莎白一世的左耳畔。然而，多萝西娅手中的浑天仪是颠倒的，并且她右手食指点向赤道以北 55 度的位置，与哥本哈根的纬度（北纬 56 度）仅有毫厘之差。这一倾覆的模型是否暗示一个混沌的宇宙，以及她父亲（被废黜后王位被叔父篡夺）伦

扬・戈赛特《年轻公主》及细节，约 1530 年

常颠倒的前王国？除了浑天仪中心标识地球的金属球体，多萝西娅裙子上另有四颗珍珠（袖子两颗，腰间一颗，襟口一颗）落入或几乎落入浑天仪内，并且恰好都位于天体轨道边缘，仿佛这些珍珠成了星球差强人意的替代品，在一个不复往日的宇宙里勉强维持着转动。这一天体运行的意象也在人物袖子和软帽上八颗一组的金线攒珠中反复出现。

在拒绝众多政治联姻的求婚后，流亡尼德兰的多萝西娅嫁给了后来的巴拉丁选帝侯弗雷德里克。夫妇二人从未放弃对丹麦王位的诉求（通过求助于多萝西娅的母亲伊莎贝拉的哥哥、神圣罗马帝国皇帝查理五世），但在弗雷德里克去世和多萝西娅越来越公开地同情新教之后，这一复国梦最后无疾而终。戈赛特肖像中的少女刚拉开她并不顺利的人生序幕，对未来半个世纪的风雨飘摇无从觉知，然而她似乎已经具备了和年龄不相符的笃定沉着。在展览现场实体的镀金画框内，我们会看到一圈以错视法画就的熟褐色双层木画框，多萝西娅的头顶和身体轮廓就这样夺框而出，仿佛悬浮在鲜绿色背景之上，要从画中空间走入并参与画外空间——那个外部的、未来的、此刻被我们共享的“真实”空间。这一看似不起眼的“框中框”设计模糊了观看主体与画内客体间的心理距离，是海德格尔意义上的“空间化”的动作，向每一个定神凝视的观者抛出了关于空间本质的问题。此次展览中通过设置“内部画框”来调控距离，并呈现不同空间氛围的杰作还有马奈的《咖啡厅演奏会的一角》（1878—1880），该画需要结合现代性和波德莱尔的丹蒂主义等一系列话题讨论，这里不再展开。

除了这些室内的“幸福空间”，展览还有一条吸引我的线索是中世纪到19世纪开放式的“理想风景”的演变。“理想风景”在16世纪前的西洋油画中往往并不呈现为独立的风景画，而是作为宗教画和肖像画的人物背景出现。比如常被讨论的达·芬奇的《蒙娜丽莎》和《岩间圣母》，或者乔尔乔内的《牧人来朝》，还有这次在上博重点展出的贝利尼的《圣母子》和拉斐尔的《加瓦圣母》，以及同样由国美收藏的贝利尼的《园中哀恸》（被认为是威尼斯风景派的开山作）和拉斐尔的《亚历山大里亚的圣凯瑟琳》。文艺复兴时期，这些位于后台的衬景一方面取材于画家熟悉的意大利当地乡村风景（如《加瓦圣母》双拱窗外的罗马郊野风光），另一方面，我认为，画家也受到贺拉斯《诗艺》中提出的“诗画一律”说（Ut Pictura Poesis）及其众多古代与中世纪衍生观念的影响，自觉地将文学传统中的——尤其是田园诗传统中的——理想风景与自己画笔下的地貌对参。这一点在侧重“诗画同则”的威尼斯画派（相较于强调两者差异的佛罗伦萨画派）中尤其显著。田园诗是所有古典诗歌中影响力仅次于史诗的体裁（在此，我们把史诗中由田园诗元素主导的片段也称作“田园诗”）。主要由田园诗传统建构的理想风景在希腊发端于荷马（卡吕普索的洞穴、阿尔喀诺俄斯的花园、“有福者的平原”是西方文学中最早的理想风景）和忒奥克里托斯，到了罗马则在维吉尔的《牧歌》和《埃涅阿斯纪》中登峰造极，以至于成为后世意大利乃至欧洲普通民众集体潜意识的重要

乔万尼·贝利尼《圣母子》，1480—1490 年

拉斐尔《加瓦圣母》，1510—1511 年

部分，成为人们关于“美好人生”（la dolce vita）之幻想的不可或缺的成分。

拉丁文学传统中，林林总总的理想风景被统称为“乐土”（locus amoenus, 直译“赏心悦目之地”）。这个短语最早作为艺格敷词出现在贺拉斯的《诗艺》中，到了塞维利亚大主教伊西多尔编纂的7世纪百科全书《词源学》中,“乐土”是和“亚洲”“欧洲”“利比亚”（指代非洲）并列出现的地理概念。在从古罗马到16世纪的多数欧洲诗人笔下，“乐土”的要件包括果林与树荫、溪流或泉水、适合闲坐的草甸、鲜花和百鸟、郁郁葱葱的洞穴、河岸或海岸、清凉的微风等——最后两个元素尤其显示，典型的乐土是基于南欧即地中海欧洲的气候风貌来想象的。意大利乡野风光是画家的首选，哪怕他们本人来自异邦。换言之，消暑是享受乐土时必须解决的问题，如果能由自然（Natura）及其代理人（通常是西风 Zephyrus）解决就最好，画家们乐于通过拂过树枝或人物飘扬的发丝来暗示这一点。

直到16世纪，画布上的乐土通常都是有人——或者古典神祇——栖居的乐土，植根于田园诗和南欧风光，往往添加上古罗马神庙或城堡废墟等元素，以彰显其古典源头。理想风景在此后几个世纪继续嬗变，衍生出不少“相反的和谐对”

克劳德-约瑟夫·维尔纳《有渔人的河流》，1751 年

（库尔提乌斯语），比如险峻群山中的果园、黑暗莽林间的空地、荒野中的凉亭等。此次特展中最符合古典传统的“乐土”风光出现在维尔纳《有渔人的河流》中，偏离原型的“变体”乐土则见于普桑的《酒神的养育》（1628）、克劳德的《圣乌苏拉登船的海港》（1641）——与此画不同，国美收藏的另外几幅克劳德（此次未来沪）描绘的反而是教科书般的乐土，如《有羊倌和山羊的风景》《狄安娜令赛法洛斯与普罗克丽丝团聚的风景》《磨坊》等。变奏形式的乐土也见于本次展出的萨尔瓦多·罗萨《墨丘利与不诚实的樵夫》（1663）中，甚至康斯太布尔《斯特拉福磨坊》（1820）的 19 世纪英国乡村风景中。

阿尔特多费尔《有栈桥的风景》，1518—1520 年

这次展品中格外值得一提的是多瑙河画派代表人物阿尔特多费尔（Albrecht Altdorfer）的《有栈桥的风景》。阿尔特多费尔常被看作“纯粹的”欧洲风景画的开山人，《有栈桥的风景》也是此次展出中极少的不含人物的画作。无论在构

图、笔触还是取景上，此画都与16世纪初其他饱受意大利影响的理想风景存在显著断层，也与北方文艺复兴精雕细琢的画风截然不同（虽然阿尔特多费尔出生于德国雷根斯堡）。这幅画可以说是超前地呈现了近乎浪漫主义的风景，其中自然的力量来自局部、瞬间和暗示，多于来自整体、连绵和匀称，着力于表现潜在的可能，胜过表现实然或应然的风景。虽然传统“乐土”的要件还在（林地、溪流、微风等），但无一物被安排在优美和谐的位置上。画面中心的单棵落叶松将重力聚集于树冠，如一位俯瞰众生、压倒一切（包括自身的树枝）的古神。后方的栈桥看似提供了一种连接文明与荒野的保证，细看下却并未真正连起左方的建筑物与右方的森林，而更像一座未完成或废弃的断桥。桥的存在本身暗示人类活动，是空间障碍得以克服的坚实证据。此画中的桥却脆弱、扭曲、摇摇欲坠，在前方参天活木的映衬下越发显得失能和死气沉沉，反而暗示了人类活动的长久缺席。远山脚下的废墟不是罗马式而是哥特式，没有任何传统“乐土”意义上的悦人耳目之物来暗示此地的宜居。整张画的笔触粗粝到几乎伤眼，缺少被当时任何主流画派驯服的迹象，简直可以称为16世纪初的表现主义。这是一幅让人无法放心的画，在它面前驻留得越久，你就越怀疑它是不是从一张更完整的风景画上裁下来的细节——法语中“细节”（détail）一词的古法语词源恰恰来自动词“切下、剪裁”（détailler）——当一张 16 世纪初的风景画可以被想象为由观者的目光切割而“细节化”的结果，你会知道它已远远超前于“理想风景”的古典传统。《有栈桥的风景》应该和此次展出中另两幅精彩的风景画——透纳的《海洛和利安德的离别》（1837 年前）和柯罗的《倾斜的树干》（1860—1865）——对观而视，即使前者与后两者之间隔着三百多年的美术史。

穿梭于这些再现或再造的“幸福空间”中，观画者会一次次感受到被拽入画框，却永远无法走入画中的绝望。这也就是加埃坦·皮康在《1863，现代绘画的诞生》中所哀悼的，“作品既非远处重建的图像，亦非近处观察的元素，它存在于自身的路径中，存在于目光的往返中。它并不是再现，而是图像的发射……我们在它的热烈释放面前后退，又为了让自己暴露在它的源泉中而走近”。换言之，这是一种幸福的绝望，也是一种不断生产欲望的绝望。饱含欲望的目光所及、所落、所爱抚之处，也是我们最朦胧和幽深的梦境悄然绽放之处，那里蕴藏着人之为人全部艰涩的甜蜜。

用诗歌准备终途

中古英语“死亡抒情诗”

死亡及其不可避免性是存在于中世纪人心灵后景和集体意识中的重要事件。对死亡的恐惧,以及对“万民四末”(Four Last Things)——去世、审判、天堂、地狱——的持续关注,深刻地影响了英国中世纪节日历法、宗教仪式、建筑空间、绘画雕刻的发展,并渗透到普通人日常生活的方方面面。以中古英语写就的抒情诗中有大量以死亡为题材的杰出诗作。它们大多作于12至15世纪,被保存在汇编年代稍晚于创作年代的羊皮或牛皮手抄本中。它们时常在中古英语之外夹杂拉丁文或者盎格鲁-诺曼法语短句,并在修道院之外的平信徒俗众(laity)——它们的首要目标读者——之中广为流传。它们被统称为中古英语“死亡抒情诗”(death lyric)。

中世纪英国社会动荡，战事频繁，医疗水平不高，人口平均寿命普遍低下,尤其在14世纪的数次黑死病大暴发后——其中最严重的一次在大约四年内夺走了当时欧洲至少百分之六十的人口——死亡更是作为一种无处不在的、无人幸免的、随时可能降临的威胁，实实在在地潜伏于人们的精神世界中。在这样的大背景下，为多数中世纪英国人提供关于死后可能境遇的信息的基督教，必然需要背负起提供死亡心理建设，也就是帮助平信徒为告别尘世生命做好心理准备的重要职责。

传统上，古代晚期(late antiquity)至中世纪盛期的教会一般通过圣餐、忏悔-赎罪、临终涂油等制度化的圣礼仪式来提供这套帮助。但随着中世纪盛期和晚期教会的滥用权力和内部腐败越来越公开化，可以用金钱交换的官方死亡心理建设(以赎罪券的贩卖为典例)逐渐不复以往的权威，越来越难满足大多数人消解死亡恐惧的精神需求。12至15世纪间(尤其是14世纪后)大量出现于民间非教会编订、非修道院制作背景的手稿中的“死亡抒情短诗”可谓应运而生。

这部分手稿包括个体游方僧的布道手册和匿名平信徒诗人的文集等，其中收录的死亡抒情诗以通俗易懂的语言(大

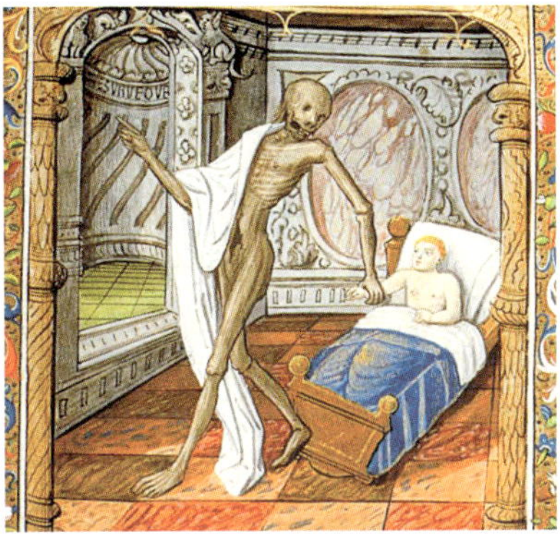

“死亡之舞”，15 世纪抄本，法国国家图书馆馆藏

多数民众日常使用的中古英语，而非教会的官方语言拉丁语）、辅助记忆的分节与韵律、生动而有效的训诫，集中回应了普通人对生前道德抉择以及死后灵魂归属的深度焦虑。它们是我们了解中世纪英格兰人的精神气质和文化传统的珍贵一手材料，也是中世纪英国本土俗语（vernacular）诗学和修辞学传统的重要研究对象。下文将中古英语死亡抒情诗按照中世纪文学中通用的主题（topos）分为四大类，通过对中古英语原文的训诂、翻译和细读，着重考察这四类死亡抒情诗中各自主题的呈现、演绎与嬗变。

一、“畏惧死亡”主题

“畏惧死亡”（timor mortis，直译“对死亡的畏惧”）或许是中古英语死亡抒情诗中最常见的文学主题，同时也是最根本的心理基调。该拉丁文短语出自教会礼仪中的亡者日课（Office of the Dead）祷文，完整句式是“对死亡的畏惧击溃了我”(Timor mortis conturbat me)。在诸多中世纪颂歌体(carol)死亡抒情诗中，这个短句时常以叠句(refrain)或副歌(burden)形式出现在每节诗的末尾。比如在中古英语诗人约翰·奥德莱（John Audelay）晚年所写的一首长颂歌《畏惧死亡，哀悼罪过》(“Dred of Deth, Sorrow of Syn”）中，就直接将它用作贯穿全诗的叠句。该诗写作时间大约为15世纪20年代，当时年迈的诗人已又聋又瞎，流传下来的手稿极有可能是他人听写的成果：

当我体弱，病中平躺，
内心哀伤，泪眼婆娑，
我满怀悲恸地写下这首歌——

基督的受难赋予我力量：

圣母帮助我！耶稣怜悯我！

对死亡的畏惧击溃了我。

（第45—50行，包慧怡译）[①]

像这样主体为中古英语，部分夹杂拉丁文（有时是古法语，即作为中世纪英格兰宫廷书面语言的盎格鲁-诺曼法语）的诗作被称为“马卡龙诗”（macaronic poem），这种法式甜点（夹心杏仁蛋白小圆饼）形象地反映了中古英语抒情诗经常夹带双语，甚至三语文本的语言特点。奥德莱的这首“马卡龙诗”表现了一个普通中世纪英格兰人——绝大多数情况下是平信徒——最典型的死亡焦虑，同时也是一种信仰焦虑：不仅要担心此世生命终结时死亡带来的痛苦，还要操心死后灵魂的何去何从。这也是文森特·吉莱斯皮所谓中世纪版本的“存在之焦虑”，一般在神学和文学文本中被称作“三件伤心事”（Three Sorrowful Things）：死亡的必然性，死期的不确定性，死后灵魂的命运。下面这首匿名中古英语短诗完美地概括了

① 本文所有中古英语“死亡抒情诗”文本由作者译自中古英语，下文不再说明。

这三重焦虑：

> 每当我想到那三件事情，
> 我就再也无法感到欢欣：
> 第一件事：我必将死去，
> 第二件事：我不知何日将死，
> 第三件事最令我焦心：
> 我不知道死后将往何处去。

在大量类似的中古英语死亡抒情诗中，死亡正是以这“一个必然，两个未知”的三重恐怖出场，而这些诗也成为一种以文字形式直白出现的“死亡预警”：在对黑死病的记忆仍无比鲜活的两三个世纪中，提醒人们时刻关心灵魂的归宿，并通过生前及时行善和始终虔诚的信仰为来生累积福祉。为了更好地起到教化作用，并方便往往是文盲或半文盲的广大教化对象记忆，[①] 这些中古英语诗行经常简明扼要，以朗朗上

① 在诺曼征服之后中世纪英国同时通行的三种语言中，中古英语是最少用于正式场合的语言（教会的书面语是拉丁文，宫廷和贵族的书面语是诺曼法语），是主要以口语形式流传、用于普通民众日常交流的“乡音”，却因此使得中古英语诗歌可以被最广泛的人群读懂乃至背诵。直到 14 世纪以乔叟为代表的“俗语文学黄金时代”来临，中古英语才正式作为文学语言登上历史舞台。

口、便于背诵的尾韵写就，并且作为修士或游方僧布道内容的一部分，被安插在更长更完整的布道手册中。比如下面这首约写于 1375 年的短诗片段就被保留在约翰·格里姆斯通（John Grimestone）修士的布道笔记本中——我们把类似这样用于辅助布道的韵文片段亦归入广义的中古英语死亡抒情诗中：

15 世纪法国时辰书中的“死亡提醒”页，纽约摩根图书馆馆藏

死亡（Mors）：

它是痛苦，之于人的心灵；

它是确凿，之于人的境遇；

它为我们所有人分派结局。

通过敦促人们认清死亡这一强敌“一个必然，两个未知”的基本属性，上述这类“畏惧死亡”主题的抒情诗在俗语文学语境中迈出了帮助俗众完成死亡心理建设的第一步。

二、“鄙夷尘世”主题

“鄙夷尘世”（contemptus mundi）是一个贯穿古代晚期至中世纪晚期的核心文学主题，以此为主题的拉丁语和俗语诗作都被归入“鄙世诗”的行列。拉丁文传统中，“鄙夷尘世”主题在古代晚期的哲学代表作是波伊提乌斯的6世纪散文名著《哲学的慰藉》，在早期教父传统中的代表作是6世纪里昂主教尤基里乌斯（Eucherius of Lyon）的书信《论对尘世的鄙夷》（*De Contemptu Mundi*），在中世纪神学家作品中的典例则有12世纪贝尔纳（Bernard of Cluny）的同名讽喻诗《论对尘世的鄙夷》（“De Contemptu Mundi”），以及教皇英诺森三世（Innocent Ⅲ）的12世纪散文《论人类境遇之悲惨》（*De Miseria Humanae Conditionis*）等——后者曾被乔叟翻译成中古英语，但译本已失传。作为一个历史悠久的文学母题，以它为标题或主旨的作品聚焦于俗世生命和人世荣华富贵的必朽性，认为个人生前拥有的一切都是虚空中的虚空，其中一个可能出自波伊提乌斯的著名句式，后来单独演变为一个诗歌子题：“今何在”（ubi sunt）。在英语文学传统中，早在9世纪或者更早，盎格鲁-撒克逊时代的匿名诗人就已在《流浪者》（“The Wanderer”）这首雄浑悲壮的古英语挽歌中回应了这一子题：

> 骏马们去了哪里？（Hwær cwom mearg?）骑士们去了哪里？财富的分发者去了哪里？
>
> 盛宴上的宝座去了哪里？厅堂里的欢愉今何在？（Hwær sindon seledreamas？）
>
> 呜呼，闪亮的杯盏！呜呼，穿锁子甲的武士！
>
> 呜呼，王公的荣耀！那时光如何逝去
>
> 隐入黑夜的荫蔽，仿佛从不曾存在！
>
> （《流浪者》第 92—96 行，包慧怡译）

与《流浪者》同样收录于《埃克塞特之书》（*Exeter Book*，成书于 10 世纪，已知保留最多古英语文学作品的抄本）的其他古英语诗歌中——譬如《废墟》（“The Ruin”）、《航海者》（“The Seafarer”）、《戴欧》（“Deor”）以及史诗《贝奥武甫》（*Beowulf*）的片段——都可以找到对“今何在”子题的动人演绎。而它最著名且完整的拉丁文演绎出现在约写于 13 世纪的一首饮酒诗中。该诗原题为《论人生苦短》（“De Brevitate

Vitae”)，更广为人知的标题是它配乐版的首句《让我们尽情欢愉》(“Gaudeamus Igitur”)，这首欢乐的歌谣是许多中世纪和近代大学毕业典礼上的必唱曲目：“让我们尽情欢愉 / 趁青春年少 / 快活的青春逝去后 / 忧愁的老年逝去后 / 土壤会吞噬我们 / 那些在我们之前来到此世的人 / 今何在？”(... Ubi sunt qui ante nos/in mundo fuere?)此外，13 世纪中古英语抒情诗《先来之人今何在》(“Uuere Beþ Þey Biforen Us Weren”) 亦以几乎原封不动的句式，非常直接地继承和处理了这一子题。它的第一节如下：

> 先来之人今何在？
>
> 那些牵着猎鹰和猎犬，
>
> 并占有田野和树林的人？
>
> 闺房里的富家千金们，
>
> 发辫里佩戴金饰
>
> 脸蛋儿明艳无比……

中古英语死亡抒情诗中关于“鄙夷尘世”主题的杰作，当推只有一份手稿存世的短诗《当土壤成为你的塔楼》(“Wen

þe Turuf Is Þi Tuur”，以下简称《土壤》)。该诗手稿今藏剑桥大学圣三一学院（Trinity College, Cambridge, MS 323, fol. 47v），约编写于 13 世纪下半叶。学者们根据其较小的开本和有多名誊抄员参与缮写的痕迹，认为它极有可能是由游方僧团体而非修道院编纂，主要功能是供修士们在布道中使用。《土壤》在形式上是一首准挽歌体，但挽歌的庄重句式和哀伤氛围又与“死后”（post mortem）或曰“尸检式”的庸常细节形成对照，在短短六行内产生一种可怖的戏剧张力：

当土壤成为你的塔楼，
当坟墓成为你的闺房，
你的肌肤和你雪白的喉
都将交付蠕虫去享受。
到那时，整个尘世的欢愉
对你又有什么帮助？

《土壤》与前文所引《先来之人今何在》差不多是同一时期的作品，同样在俗语文学传统中，同样在口口相传的抒情诗文体中，《土壤》以一种更含蓄却也更严酷的口吻传递“今何在”子题背后的道德讯息：“到那时，整个尘世的欢愉 / 对你又有什么帮助？”这也是本诗适宜出现在训诫和布道语境中的原因之一。与此同时，虽然《土壤》处理的是普世语境下死亡的庸常，它使用的核心意象却都具有宫廷文化背景：“塔楼 / 钟塔”（tuur）与“闺房 / 卧室 / 内室”（bour）都是典型的城堡建筑组件，而第三行“你的肌肤和你雪白的喉”（Þy wel and þi wite þrote）虽未用人称代词区分性别，却暗示“你”很可能是一位生活优渥的贵族女士。这些宫廷文化元素几乎是拉丁语文学传统中“尘世荣光”（gloria mundi）的缩影，而它们与“土壤”、“坟墓”和“蠕虫”的紧凑并置所产生的修辞效果，让人倾向于相信该诗行文表面上的“高古风格”实际上旨在戏仿或反讽。

这也将我们引向《土壤》通篇回应的另一个盛行于宫廷文学和骑士罗曼司的传统子题：“塔楼 / 闺房里的少女”（Damsel in the Tower/Boudoir）。“塔楼”“闺房”“肌肤”“雪白的喉”属于现在，“土壤”“坟墓”“蠕虫”则属于必将莅临的将来。而“塔楼”与“闺房”可被想象的宽敞舒适与“土壤”和“坟墓”的肮脏逼仄在短短两行诗中亦构成剧烈反差，使这首短小精悍的“鄙世诗”同时沿着“道德–时间”轴和“道德–空间”

15 世纪弥撒书中的“地狱之口”，圣彼得堡俄罗斯国家图书馆馆藏

轴运作，如咒语般令读过的人过目不忘。《先来之人今何在》和《当土壤成为你的塔楼》这类“鄙视尘世”主题的死亡抒情诗不吝笔墨地刻画贵族生活的荣光，只是为了更尖锐地凸显死亡面前人人平等这一现实，并为那些持有死亡遥不可及、现世欢愉永存之幻觉的人敲响警钟。帮助俗众认识到死亡绝对公平，且人死带不走任何财富和荣耀，可以说是中古英语抒情诗参与俗语语境中的死亡心理建设所迈出的第二步。

三、“死亡征兆”主题

当我双眼蒙眬，

当我双耳失聪，

当我鼻梁冷却，

当我舌头打结，

当我皮肤起皱，

当我双唇变黑，

当我嘴巴咧大，

当我口水流下，

当我头发脱落，

当我心脏悸动，

当我双手颤抖，

当我双脚僵硬——

一切都太迟了，太迟了，

当棺材已到大门口。

然后我会坠落，

从床上落到地上，
从地上落到裹尸布，
从裹尸布落到棺材，
从棺材落到墓穴里，
然后墓穴被封上：
于是我的房子造在了我的鼻尖上：
而我把这世界看得一文不值。

《当我双眼蒙眬》（“Whanne Mine Eyhnen Misten”）是又一首约写于13世纪的匿名死亡抒情诗，其涉及的中世纪思想和文学母题比《当土壤成为你的塔楼》更为多样。这类聚焦于“垂死的肉身”的抒情诗与中古英语中关于基督受难的抒情诗（Passion lyric）不乏类似之处：两者都旨在通过浓墨重彩的感官描述，引导一个普通中世纪英国读者去沉思基督徒生活中两个彼此关联的核心抽象事件：个体的“必死”（亚当后人原罪的一部分）和基督的“受难”（作为“第二亚当”的耶稣的自愿代为赎罪）。不同的是，关于基督受难的沉思意欲催生的情感是“爱”，关于死亡的沉思意欲催生的却是“恐惧”——因此，正如罗斯玛丽·沃尔夫所言，“受难抒情诗”

的作者可以期待读者在运用想象力上的配合，而死亡抒情诗的作者却必须准备面对遮掩躲闪、自我保护的读者反应。如何成功地在读者身上激起某种他们并不想被激起的剧烈情感，并在有限的篇幅中用诗艺代替布道演讲，达到想要的训诫效果，是《当我双眼蒙眬》这类诗的作者必须回应的挑战。

本诗前半部分处理的是“死亡征兆”（Signs of Death）主题，这是一个在不列颠诸岛和欧陆都广为流传的主题，并拥有众多不同的散文和韵文文本。它在中古英语传统中的流行或许与它在《死亡文萃》（*Fasciculus Morum*）中的出现有关。《死亡文萃》是一部14世纪初由英国方济各会修士以拉丁文写就的布道手册，其中包含50多首中古英语短诗，也是中世纪晚期最家喻户晓的文本之一（主要是通过倾听而非阅读），并有大量抄本传世。

“死亡征兆”的表述很可能起源于古希腊名医希波克拉底《预后集》（*Prognosticon*）中那些依据身体症状判断患者是否有望痊愈的段落，其初始语境纯粹是医学和病理学的。经过盖伦的翻译和评注，以及本笃会僧侣的悉心保存与爬梳，希波克拉底著作中对“死亡征兆”的罗列和解读自14世纪起就逐渐进入了英语抄本中——只不过往往不是作为医学文献，而是作为“死亡抒情诗”等文学文本的一部分。沃尔夫认为现存最早以英文写就的“死亡征兆”文本出现于12世纪的《沃斯特残篇》（*Worcester Fragments*）中，且是作为一首“灵肉对话诗”的序章出现，我们可以看出该残篇中对“征兆”的列举与《当我双眼蒙眬》的前半部分有多么类似：

他的双耳聋聩，他的视力衰微
他的鼻子塌陷，他的嘴唇皱缩
他的舌头失灵，他的官能失效
他的力气渐丧，他的双脚变凉。

《当我双眼蒙眬》在13世纪继承了描述“死亡征兆”的唱名传统，该传统也在14世纪《死亡文萃》中的一首中古英语短诗，以及稍晚的另几首死亡抒情诗中有所体现。但“死亡征兆”主题在中世纪绝非英语文学的专利。比如14世纪法语散文作品《巴黎家长》中叙述者的临终祷告：“到了那时，我的眼睛将沉浸在死亡的黑暗中，以致无法看到这个世界的光明；我的舌头会被绑住，既不能向你祈祷，也不能叫你；我那可怜而又如此衰弱的心脏，将会因对地狱恶魔的恐惧而颤抖不已……”[1]到了15世纪,或许是最杰出的中古法语诗人维庸（François Villon）在《三审判之书》（*Le Livre des Trois Jugements*）中为我们留下了一个更简短也更生动的例子，并被赫伊津哈（Johan Huizinga）在《中世纪的秋天》中引用：

死亡使他战栗，面如死灰，
鼻子扭曲，血管膨胀，
颈项发涨，肌肤松软，
关节和腱鞘肿胀。

就这样,《当我双眼蒙眬》前半部分发展了一个历史悠久的文学母题，移植了古希腊医理词汇，有效地将它们转化为对死亡之可见的、外在生理恐怖的历数。句式不变而简短的尾韵对句铿锵有力，仿佛死神本人在冷酷地清点他的收成。然而，一个在中世纪欧洲被广为接受的观点是：肉身的解体和腐烂并不仅仅发生在“死后”,而往往在“生命中”（intra vitam）就已出现，而尸体的腐烂分解不过是尘世肉

① 转引自达尼埃尔·亚历山大-比东:《中世纪有关死亡的生活: 13—16世纪》, 陈劼译, 济南: 山东画报出版社, 2005年, 第68页。

汉斯·荷尔拜因木版画《死亡之舞》之“死神带走女修道院长”

意大利贝加莫克鲁松教堂壁画，15 世纪

身诸多不完美中的一种。譬如，意大利“谦卑会”平信徒诗人波恩文辛（Bonvesin da la Riva）于13世纪末用米兰方言写成的《三卷经之书》（*Libro delle Tre Scritture*），其中关于地狱的《黑经》就详尽地陈述了身体从诞生之时便污秽不堪的事实：“人出生于一堆恶心的内脏中，通过与各种污秽混杂在一处的血……世上的一切男女无论外表再美，无论高矮，即使是王后或公爵夫人，皮囊里头都一样龌龊……外表光鲜，内里腐烂”（《黑经》，第25—48行）。波恩文辛以一种类似佛教修“白骨观”的方法，时刻提醒读者：肉身在生前死后都一样污秽，而临终时身体所经历的呈现为“死亡征兆”的种种痛苦都是人类通过亚当之罪所继承的。

亚当原初的坠落，坠离伊甸园，坠离神恩（fall from grace），人类大写的堕落（the Fall），每个个体从先祖那里继承的普遍的堕落——所有这一切都在《当我双眼蒙眬》的后半部分被汇总为一场想象中的“坠落”。虽然是想象中的下坠，诗中的每个物理细节却真实到无以复加：从床上（bedde）落到地上（flore），从地上落到裹尸布（here），从裹尸布落到棺材（bere），从棺材落到墓穴（putte）。并且这是一场必将发生的下坠，“我”所使用的将来时助词“schel”斩钉截铁，与其说是想象，不如说是一宗关于坠落的预言，一种无人可幸免的预言，在原型层面上对应着伊甸园中的坠落。对于这首诗的预设读者，一个生活在中世纪英格兰的基督徒而言，诗中的“我”即“我们”，即包括诗人和读者在内的每个人：“我们”终将下坠，作为个体，必须孤身一人坠入坟墓；作为物种，“我们”将并肩下坠，坠入死亡的荫谷，坠入晦暗的未知。

如果说以“畏惧死亡”和“鄙夷尘世”为主题的两类抒情诗主要是在形而上层面提醒人们死亡之必然，告诫人们必须放弃对物质的执着，那么以“死亡征兆”为核心主题的这些抒情诗则诉诸生理反应，将疾病与死亡所有毛骨悚然的细节巨细靡遗地披露在读者面前，构成一种更直观也更通俗的死亡心理建设。这些诗中描述的内容恰恰无须借助优雅的语言，反而是在短促、精确、口语化的语言中能得到最有效的表达。我们有理由相信，这种唱名式抒情诗的警示作用对于大多数普通人很可能是立竿见影的。

四、“灵肉对话”主题

上文已经提到，“死亡征兆”主题在《沃斯特残篇》中是作为一篇更长的“灵肉对话诗”的序章出现的。所谓“灵肉对话”（body and soul dialogue，亦称“灵肉辩论”），作为一个文类可以追溯至尼西亚公会（Council of Nicaea）之前的早期教父著作，在所有主要的欧洲俗语文学中都广为人知，并能在9至15世纪的古英语和中古英语文学中持续找到样本。譬如，比上述《埃克塞特之书》略早的古英语文学手稿汇编“维切利手抄本”（Vercelli Book）中就保留了盎格鲁–撒克逊时代“灵肉对话诗”的典范《灵魂与身体Ⅰ》（*Soul and Body Ⅰ*）：“当然了，每个人必须为自己考虑灵魂所不得不历经的旅程/思虑死亡来临时是多么可怕——死亡将分开曾经结合为一体的亲人：灵魂与身体”。这首诗的一个更完整的版本《灵魂与身体Ⅱ》（*Soul and Body Ⅱ*）则被保留在《埃克塞特之书》中。

现存的中古英语“灵肉对话诗”有三种主要的子形式：灵魂单方面责备肉体的“演说式”、灵魂和肉体各得到一次说话机会的“指控–回应式”以及双方你来我往、唇枪舌剑争个痛快的“辩论式”。以12世纪《灵魂对身体的演说》(“Soul's Address to the Body”)一诗为代表，中古英语“灵肉对话诗”的篇幅一般都比较长，而它们与其古英语先驱的一个显著差别在于：对话的时间几乎总是发生在死者刚断气不久——灵魂正要离开灵柩或墓穴里的身体、动身前往地狱前的“告别演说”。用《当我双眼蒙眬》中的诗句来描述，这类“对话”大致发生在“棺材已到大门口”(Whanne þe bere is ate gate)与“墓穴被封上”(And þe putt fordut)之间的某个时刻。灵魂在指责身体软弱堕落时，往往会历举一系列典型的“死亡征兆”来作为肉身道德沦丧的明证；身体则经常反驳说，一切都是因为灵魂没有指引它如何虔敬地使用五种感官。被归入死亡抒情诗的中古英语“灵肉对话”通常篇幅短小，并且以灵魂单方面指责肉体的“演说式”最为常见，比如以下这首只有九行的中古英语匿名诗作：

现在你啊，可悲的肉体，躺在灵床上：
你那些貂皮大衣去了哪里？
曾经一度，你每日换三次皮袄，
只要你乐意，可以叫天换了地，

你将像挂在枝上的树叶一样腐烂！
你大吃大喝锅中精制的菜肴，
你让穷人站在户外的霜雪中；
你不肯反思，好教自己变得明智：
所以，你现在失去了天堂的欢欣。

《现在你啊，可悲的肉体》这首短诗中灵魂对身体的责备可以概述为第二行中“今何在”式的问句：“你那些貂皮大衣去了哪里？”（Where bet thine roben of fau and of gris?）两个死亡抒情诗中的常见主题“鄙夷尘世”与“灵肉对话”在短短一首诗中同时出现，巧妙交融，共同训诫。类似地，上节所引《当我双眼蒙眬》在继承“死亡征兆”唱名传统的同时，在结构上对《沃斯特残篇》亦有继承：通篇采用的第一人称视角“我”，除了暗示此诗事关包括读者在内的“每个人”之外，同样可以被看作是“肉”的独白，是身体对灵魂之指控的回应和忏白，我们因而可以将整首诗看成一种“灵肉对话诗”的子类（“指控-回应式”），看作一篇更长但部分缺失的“灵肉对话诗”的后半段。换言之，《当我双眼蒙眬》中哀叹自己命运的一直是“肉”，而“灵”始终是缺席和噤声的，仿佛灵魂早已弃世而去。然而，全诗最后一行的谚语句式又仿佛出自灵魂，并且是灵魂在告别肉体时发出的迟来和最终的训诫："我把这世界看得一文不值"（Of all this world ne give ic a pese），而"你"（肉体）早就应该把它看得一文不值，而不是等到"房子造在了……鼻尖上"（lyd min hous uppe min nose）——到那时，"一切都太迟"（al to late）。我们再一次看到，两大主题（"死亡征兆"和"灵肉对话"）在同一首死亡抒情诗中共存、交糅、有机榫合，带来了更有效的修辞、更多变的结构和更丰富的解读空间。

"灵肉对话"类抒情诗通过想象"灵"在"肉"死亡后可能遭受的痛苦，直接回应了平信徒关于灵魂终极归宿的困惑，也为"如何为来生做准备"这一核心问题提供了答案：勤于反思、怜恤穷人、漠视肉体需求、用美德和良善指引人生，即《现在你啊，可悲的肉体》中"灵"对"肉"一切指责的反面。《黑经》第242—244行写道："在末日审判那天，灵魂和身体一同被判有罪……身体和灵魂将一同在严酷的烈火中炙烤。"在整个灵肉对话传统中，无论二者如何激烈地从头到尾互相指责，或者像《当我双眼蒙眬》中那样，"灵"只在诗末作总结性训诫，一条植根于经源却易被忽略的教理是：本质上，灵与肉二者共同对个人来生的福祉负责，二者对于最终的拯救都是必需的，而永罚也必将同时殃及二者。即使脱离灵肉对话的语境来细读《当我双眼蒙眬》，我们也不难感知到这一点，而这恰是叙事者“我”模糊的身份中所包含的释经学潜能所在。

对绝大多数中世纪英国人来说，对死亡以及死后灵魂归宿的焦虑是持续存在的，而思考死亡及其“三件伤心事”并为“万民四末”做准备，则是再早也不为过的。很长一段时间内，这类准备工作是一种被教会垄断的产业，其提供的临终准备以圣礼为核心形式，以拉丁文为官方语言，以教堂或修道院的专业神职人员（牧师和僧侣）为主要主持者，为广大平信徒提供系统化的精神慰藉。由于教会内部腐败等多重复杂的历史原因，到了中世纪盛期，官方提供的这种制度化的临终准备不再是民众“死亡心理建设”的唯一途径。而 12 到 15 世纪间出自非修道院背景作者之手的（游方僧 / 修士或者普通平信徒）、

死神声称自己不会等待任何人，15 世纪时辰书细节

以通俗简短的中古英语韵诗写就、因而能被普通人读懂和背诵的“死亡抒情诗”，则在文学语境中承担了这一职责。这些死亡抒情诗要求读者自主参与倾听、阅读、记忆和思考，从而引导他们在日常生活中主动积极地为自己进行“死亡心理建设”，而不是仅仅在人生几个关键的节点（尤其在临终时刻）被动接受神职人员代表教会给予的自上而下的仪式性慰藉。

当然，作为后起者的俗语抒情诗，在写作中大量继承和借鉴了亡者日课等已有的拉丁文经学、神学与圣礼学资源，并且在发展过程中始终与这些拉丁文文本进行着卓有成效的对话。但在这些中古英语诗歌的字里行间，即使在最严肃的道德训诫中也溢出一种属于仍在伸展拳脚、茁壮成长的新语言的生命力，为普通英国人（无论是作为作者还是读者）以母语参与自己的心灵建设，并对自己的精神福祉承担责任提供了条件，也为英语作为文学语言正式登上诗歌史舞台做好了准备。因此，这些死亡抒情诗不啻是通向中世纪英国人精神世界的一把钥匙。

“神仙吵架”

中古英语“情诗信”及其镜像

在中世纪盛期和晚期的英格兰，就世俗题材的情诗而言，欧洲大陆传统中有两大类诗作都在中古英语抒情诗传统中得到了广泛的继承，它们是破晓歌（aubade）和牧歌（pastoral）。两者的主要差别有二，分别体现在空间和时间两个维度上。空间上，破晓歌通常发生在“室内”（卧室），而牧歌通常发生在“户外”——在破晓歌中，恋人之间的相遇和离别往往都是事先安排好的，一切尽在抒情主人公和读者们的预期中；而在可能充满机缘巧合和意外事件的牧歌中，却没有人能在读完诗前预测事态的走向。时间上，在破晓歌的开篇处，男女主人公往往已经合二为一，无论在心灵还是身体上，因此才有两人因外力所迫、不得不随着黎明到来而分别的悲叹——“分离”是定义破晓歌的核心动词。而在牧歌开篇伊始，爱人间的结合通常尚未发生，因此（几乎永远是男主人公对女主人公发起的）“诱惑”以及对诱惑的“抵抗”和最终的“屈服”才是牧歌行文的核心驱动力。

然而在这两大文类之外，中古英语爱情诗传统中还有另一个不那么常见但同样重要的文类：情诗信（verse love epistle）。情诗信属于广义上的“诗信”（verse epistle）或“信件诗”（epistolary poem）的一个子类别。在欧陆，作为一种古老文学传统的重要后继者，它早在奥维德的《女杰书简》（*Epistulae Heroidum*）、阿伯拉尔（Pierre Abélard）和爱洛依丝（Héloïse d'Argenteuil）的部分书信、12 世纪普罗旺斯语情诗信（salutz）、13 世纪古法语“致意情诗”（salut d'amor）中就枝繁叶茂了。在英格兰，匿

吟游诗人向心上人献上诗稿，《马内赛抄本》，14 世纪德国

名氏写于12世纪晚期至13世纪早期的中古英语修院守则《修女须知》（*Ancrene Wisse*）中曾明确将基督比作一位给他的爱人写情信（中古英语“saluz”）的“国王”，显示出当时盎格鲁-诺曼文化圈对这一欧陆诗歌传统有一定程度的熟悉。

不过，情诗信在英格兰本土形成一个可被清晰辨认的文类，至少是14世纪后半叶的事——尽管很可能在13世纪的英格兰就有一些情诗信以盎格鲁-诺曼法语、中古英语或拉丁文被零星写下。到了14世纪晚期，我们已经可以在乔叟的《特洛伊罗斯与克丽希达》第2卷中特洛伊罗斯（第1044—1092行）和克丽希达（第1205—1225行）初次互诉衷肠的书信中读到内容丰富曲折、情感丰沛动人的中古英语情诗信，并且乔叟在这首五卷本长诗中多处暗示（第2卷第1342—1344行；第5卷第1583—1585行），两人之间的通信并不止那一回。

到了15世纪，有更多以中古英语写就的情诗信或作为长篇叙事诗的一部分，或作为抒情诗而独立成篇，在不同的手抄本或抄本残篇中保留下来。著名的罗林森抄本（今藏牛津大学博德利图书馆，Bodleian Library, Oxford, MS Rawlinson）

中保存了一些独立成篇的中古英语情诗信，是我们研究中世纪英格兰抒情诗（尤其是书信体情诗）的宝贵一手资料。其中最引人注目的就是这首《致我真挚有力的恋人》（“To My Trew Loue and Able”，MS Rawlinson poet 36, fol. 3v—4），这是一首世俗语境的爱情诗，大致写于15世纪后半叶，也是留存至今的唯一一首叙事者声音确凿无疑为女性的中古英语情诗信：

启信语：

致我真挚有力的恋人
——他就像风向标那样恒定——
请把这封信送到他身边：

我要直抒胸臆，给你写这封信，
此事已让我长久绝望。
要描述你俊美的外表并不困难，
因为谁要能嘲笑你的外表，就根本停不下来，
你的体型如此健美，五官如此清秀，

神情如此动人，就像一只猫头鹰
是一切飞禽中最美的，最受偏爱。

简而言之，你男子汉的面容，
你的前额、嘴巴、鼻子都是那么扁，
——长话短说吧——在一切活物中，
除了猫之外，就属与野兔最像。
假如我知道更多词语，我会说得更详细，
每当我想起某个淫荡的皮条客，
就想起你那张常被诅咒的甜蜜脸庞。

我认为你身体的比例十分匀称
自肩膀以下，无论正面或背面；
假如把全国的画家都找到一处，
就算赌咒发誓，他们也画不出更糟的——
保持耐心，即使我向你送去嘲讽！
你的衣裳快活地挂在你身上，
仿佛一只断了翅膀的老鹅。

你的大腿没长好，小腿更糟；
无论是谁看见你一对扭曲的膝盖，
都觉得它们以基督的名义诅咒了彼此。
你的一双罗圈腿向外伸着，
这么一双腿儿我从来没见过！
你抬起脚跟的动作是那么笨拙，
每走一步就要扭一下脚丫子。

谁要是拥有这么一位妙人的爱情，
她该为自己的出生欢喜庆幸，
谁若曾经在漆黑的夜里向你跑去
索要爱情，直到抱住一棵荆棘，
我不会伤害她，只会天一亮就吊死她，
因为她的视力这么好，竟选了这样一名伴侣，
居然曾经为了你亮出私处！

你甜蜜的爱情和血淋淋的指甲，
喂饱的虱子比鹌鹑还多。

（包慧怡译）

此诗正文开始前有三行致意辞（salutation），在中世纪书信体写作中也称启信语（suprascripio），不计入诗歌正文行数内——并非所有信件诗都有启信语，反而是信末的结语（envoy）更常见。在本诗的启信语中，男性收件人的“恒定”被比作屋顶的公鸡形风向标，意谓此人实际上见风使舵，朝三暮四，而首句中“真挚有力的恋人”也成了一个需要存疑的称谓。从启信语开始往下细读，读者很快会发现，《致我真挚有力的恋人》与其说是情诗，不如说是一首爱情反讽诗。我们带着阅读情诗的预期开始，却意外发现这根本是一首“反情诗”：从标题中的“真挚有力”，到开篇启信语中的“恒定”，再到正文对男性收件人的外貌描述，诗中所有赞扬的字句都立刻遭遇自我驳斥。“要描述你俊美的外表并不困难”；“你的体型如此健美，五官如此清秀 / 神情如此动人”；“我认为你身体的比例十分匀称 / 自肩膀以下，无论正面或背面”……这些溢美之词立刻被各自的下一行诗否定：“因为谁要能嘲笑你的外表，就根本停不下来”；“就像一只猫头鹰”；“假如把全国的画家都找到一处，/ 就算赌咒发誓，他们也画不出更糟的”。

全诗正文的前四节通篇采用了中世纪诗歌中常用的“外

貌白描”（effictio）修辞法：从头到脚、从衣着到眉毛、巨细无遗地细述对方的外表特征。在本诗叙事者的描述中，“你”在飞禽中与猫头鹰最像（在中世纪动物寓言系统中，猫头鹰不仅是丑陋的象征，还常常被看作撒旦的信使），在走兽中“除了猫之外，就属与野兔最像”（野兔是中世纪动物寓言系统中“淫荡”的代名词）。“你”不仅面容丑陋，而且体格扭曲，“大腿没长好，小腿更糟 / 无论是谁看见你一对扭曲的膝盖 / 都觉得它们以基督的名义诅咒了彼此”，“一双罗圈腿向外伸着……”仿佛这些还不够，叙事者还诉诸另一种常见的中世纪修辞惯用法“口拙法”，以及与之紧密相连的“自谦法”——两者都用于中世纪修辞语境中，作者向读者“道歉”，因为自己无法用拙劣的文笔去恰如其分地表现描写对象的美丽——故而“自谦法”有时也被称为“假谦卑法”（affected modesty）。在此诗中，女性叙事者反讽地运用“口拙法”和“自谦法”，巧妙地假借自己受教育程度不够（我们可以从行文中看出事实绝非如此）来邀请读者进一步想象那些她没来得及历数的外貌缺陷：“假如我知道更多词语，我会说得更详细……”

而这一系列对“你男子汉的面容”以及扭曲的身材的细

节描述，用意仅仅在于外貌攻击吗？如果我们将这首诗放在中世纪感官论的语境中考察，会发现答案并非如此。在中世纪英国对肉体和感官的典型看法中，13 世纪林肯郡主教格罗塞泰斯特的看法尤其具有代表性：身体的五种官能是上帝赐予的，它们理应成为一个人发现和改善自我的渠道，假如遭到滥用，它们则会成为魔鬼做工的舞台。肉体和官能的残疾在中世纪从来不仅仅是病理学问题，往往还是个人品质的彰显。因此，《致我真挚有力的恋人》中嘲讽的虽然主要是男性的外表缺陷，却也含沙射影地批评了该男性的道德亏损，讽刺其人的灵魂与肉体一样扭曲——这一点也在“猫头鹰”与“野兔”的比喻，以及第二节“每当我想起某个淫荡的皮条客 / 就想起你那张常被诅咒的甜蜜脸庞”的直白描述中得到了体现。

在正文最后一节中，诗人选择了一个令人略为惊讶的植物意象，来形容男性收件人“你”在爱情中令人厌恶的程度：“谁若曾经在漆黑的夜里向你跑去 / 索要爱情，直到抱住一棵荆棘 / 我不会伤害她，只会天一亮就吊死她 / 因为她的视力这么好，竟选了这样一名伴侣……”希腊神话中河神之女达芙涅为逃避太阳神阿波罗的爱情，在飞奔不及、几乎要被后者抓住的瞬间变成了一棵美丽的月桂树。与此相反,《致我真挚有力的恋人》此节中索要爱情的追求者是一名女性,她飞奔追寻的那棵丑陋的荆棘却是男性的“你”,并且同样身为女性的叙事者——寄信人因为这名假设中的女子竟然接受“你”作为情郎而彻底轻蔑她。显然,诗人在第一人称叙事者“我”和另一位接受了“你”的爱情的女性之间做出了区分:“我”鄙视任何能接受“你”作为恋人的女性,言下之意即“我”自己是绝不会那么做的。可启信语中“我”又明确使用第一人称所有格(my)描述两人的关系:“致我真挚有力的爱人”,也就是说“你”即“我的”爱人。所以诗中这另一位叙事者扬言要出于鄙视而“吊死她”的女性,难道是“我”自己?或许“她”是过去的“我”,而现在的“我”正因“我”曾经如此愚蠢地陷入对“你”的爱情而大肆责备过去的自己?抑或“我”在最后一节中传递的潜在信息是,除了“我”不会有任何其他女性爱上如此糟糕的“你”?这首诗的本质是“我”与过去的恋人“你”交恶后所写下的泄愤信?我们无法就这些问题给出确切回答,但短短一封仅有两个主要人物的情诗信中能够涵盖这么多角色建置、人物动机和叙事的可能性,本身已反映了该中古英语文本的复杂性。

上文已经提到,《致我真挚有力的恋人》是中古英语中罕见的从女性叙事者视角出发的抒情诗。我们固然不应当将诗人的性别与诗中叙事者/寄信人/抒情主人公的性别混为一谈,但无论本诗作者是男是女,他或她在此诗中对男性收件人“你”的相貌、品格以及“你”所能给出的“爱情”可谓极尽挖苦讽刺之能事,毫不留情。根据约翰·赫许的统计,现存的中古英语抒情诗中“攻击女性的作品比攻击男性的多得多”。《致我真挚有力的恋人》的修辞和声调至少让其作者为女性这一假设变得非常合理和诱人。假如我们撇开作者性别的问题,聚焦于第一人称叙事者“我”,我们会发现即使是在“女性叙事者视角”的中古英语情诗中,此诗的声音也与大多数同类作品迥异。中古英语甚

《无情的美人》,约翰·沃特豪斯,1893 年

至绝大多数中世纪俗语（vernacular）文学中，女性视角爱情诗中叙事者的典型态度可举这首约写于15世纪的短诗《噢，有福的天主，怎么会这样》（“O Blessed Lord How May This Be”）为例：

噢，有福的天主，怎么会这样，
我为何如此痛心沮丧？
但我已经竭尽全力
始终尽我所能去取悦他，
无论早晚，无论白昼黑夜。

（包慧怡译）

如我们所见，为情所困、自怨自艾、哀悼自己在爱情中所做的徒劳努力——以及在另一些同类作品中占据主导地位的，悲叹情郎的负心——这些才是中古英语情诗中女性视角作品的核心主题和情感基调。而像《致我真挚有力的恋人》的女性叙事者这样把主动权重新握在自己手中，反过来对恋爱中的男性挑剔讥讽的准女权主义的“反情诗”，我们几乎找不到类似的作品。或许以下这首同样写于15世纪并采取女性视角、论述“如何才有资格成为一名合格恋人”的短篇“建议诗”是我们能找到的最接近的例子：

> 若他要在所有方面都成为爱人，
> 他必须具备三件詹姆没有的事物：
> 第一是完美无瑕的英俊外表；
> 第二是构成男子气概的风度；
> 第三是女人无法拥有的财富。
> 即将要成为爱人的人啊，好好记住
> 这三件法宝，你必须至少拥有其一。

（包慧怡译）

这首《若他要在所有方面都成为爱人》（“He that Will Be a Lover in Every Wise”）的“建议诗”口吻毋庸置疑是世俗的，提供建议的很可能是一名女性的、年长的、经验丰富的“过来人”，她口中的“三件法宝”很难不让人想起《水浒传》第二十四回《王婆贪贿说风情　郓哥不忿闹茶肆》中王婆给西门庆的露骨建议：“大官人，你听我说。但凡捱光的两个字最难。要五件事俱全，方才行得。第一件，潘安的貌；第二件，驴的大货；第三件，要似邓通有钱；第四件，小，就要绵里针忍耐；第五件，要闲工夫。此五件，唤做潘、驴、邓、小、闲。五件俱全，此事便获着。”若说王婆要求“潘驴邓小闲”五样俱全多少显得贪得无厌，《若他要在所有方面都成为爱人》中的女性建议者只要求“这三件法宝，你必须至少拥有其一”似乎要“低调”许多。但无论如何，两者都体现了男权社会中女性对爱与性之决定权的重新定义，以及对被长期剥夺的发言权的重新掌控。被迫缺席的一方重新登场，被噤声的一方再度开口，就像《致我真挚有力的恋人》中女性寄信人“我”对男性收件人“你”的评估、批判和贬损，本质上是一种对一度严重分配不公的性别话语权的重新分配。在其余几乎所有存世的中古英语情诗信中，寄件人永远是男性。在这类情诗中，男性巨细靡遗地赞美心上人的美貌，却也同样巨细靡遗

女士为他的骑士武装，《马内赛抄本》，14世纪德国

地攻击女性的轻浮、脆弱、水性杨花、朝三暮四——只要她拒绝回应或者放弃他声称的“爱情”。《致我真挚有力的恋人》中的女性叙事者以其人之道还制其人之身，借助“书信”这一可令收件人“天然缺席”并丧失发言权的形式，发出了整个中世纪俗语情诗中极度不和谐、惊世骇俗的声音。全诗以对男性收件人所谓“爱情”的嘲讽收尾：“你甜蜜的爱情和血淋淋的指甲，喂饱的虱子比鹌鹑还多。”

然而事情至此并未完结。《致我真挚有力的恋人》的最后一个，也是最惊人的与众不同之处在于，罗林森抄本中紧接着还收录了比这封反讽情诗信的篇幅更长的“应答诗”，并且应答诗正是从《致我真挚有力的恋人》抄录结束的同一页手稿上开始，至下一页誊抄完毕。这在手稿极易散落逸失、且大部分文本只在唯一抄本中存世的中古英语短抒情诗文献传统中是极为难得的事。在这首以“致你，亲爱的甜心”启信的应答诗中，《致我真挚有力的恋人》中的男性收件人摇身变成了寄信人，重新夺回话语权，向他的“甜心”（《致我真挚有力的恋人》中的女性叙事者）发起了针锋相对的外貌攻击：

启信语：

致你，亲爱的甜心，你这轻浮而多变的人
犹如卡律布狄斯漩涡般
反复无常：

哦，娇嫩的鲜花，无价之宝，
在男人眼中一如小白菊般芬芳，
你的神情在我看来十分愚蠢，
竟要去和修辞学家争个高下；
你给我寄来一封嘲讽的信件，
别出心裁地写满了古怪的从句。
为此我满有理由要感谢你。

乔叟的英语不在你脑海中，
西塞罗伟大的雄辩术语也缺席，
而你，本性无礼又招人烦，
从语义上看，是把词语乱堆一气；
因此，虽然无意冒犯，我斗胆

给你回信，因为这是合适的场合。
现在我就开始：好好理解我的意思。

基督出于他的善良和他的大能
造出许多生物在大地上行走；
但那目光日夜落在你身上的人
永远不会有内心喜悦的理由。
记起你的大脑袋，你的圆额头，
瞪人的眼睛，肥胖硕大的面孔，
两只乳房像一对水瓶一样。

你又短又扁的鼻子，辽阔的鼻孔，
在我看来，最好是被用作
教堂里的一件高贵器物：
去熄灭十字架前燃烧的蜡烛。
你神情淫荡，表里不一，
外表堂皇，都是番红花的色泽，
永不消褪，这橙色如此真实！

你外翻的嘴唇色彩黯淡如死人，
这一张嘴生得犹如雅各的兄弟，
一口黄牙完全不像白天鹅，
缝隙巨大，仿佛诅咒了彼此。
在整片土地上，有谁能找到别人
拥有这一切不堪入目的特征，
呼吸如你一样，香甜犹如接骨木?

你的身材比例十分完美，
削肩膀在每一阵风中飘摇，
肚子娇小得像一只啤酒桶，
前面是一对丑足，后面是驼背。
那愿意成日家把你挂在心头的，
还要为你的爱打搅我们休息的人，
我希望被逐的路西法把他锁起来。

至于你的衣着，简单说来，
你的额饰颜色就像烂布片，
头巾破碎，像顶着一块煎饼，

你的胸衣、胸饰、所有浮夸的妆扮；
在我眼中，你可真是一位美人儿！
尤其每逢节日，当你蹦跳起舞，
活像一只试图维持仪容的野鹅！

再见了，亲爱的甜心，因为我现在
要终止这时光，去寻找更好的机会。
我希望你患黏膜炎和重感冒，
并且上帝出于仁慈赐你极大的恩典
让你在天堂里有一席之地：
在肚脐旁边，在水门旁边，
去照看那晚来的河水。

你自个儿的爱人，可信又真挚，
你抛弃了他，另寻新欢。

（包慧怡译）

这首《致你，亲爱的甜心》（“To You, Dere Hete”, MS Rawlinson poet 36, fol. 3v—4）最后两句似乎可以帮助我们回

答前文提出的、关于诗中男女主角关系的疑问：也许这两首诗的叙事者确实曾是恋人，而这一来一往的“反情诗”则是恋情终结后的愤怒产物。但这看似合情合理的假设只能帮助我们推测互为通信人的两名叙事者的关系，我们对作为原诗镜像的这首应答诗的作者的身份依然一无所知：他是《致我真挚有力的恋人》历史上真实的收件人吗？他（诗人）是否就是诗中的男性寄件人 / 叙事者，或者他根本不是“他”，而依然是“她”？会不会这两首诗出于同一个诗人之手，而他或她不过是虚构了“书信往来”这一语境，创造了两个戴着假面的“剧中人”（dramatis personae），旨在为构建更大的抒情叙事场景磨炼技艺？它们同属于一部佚失的诗体戏剧手稿，就像《罗密欧与朱丽叶》中男女主人公之间的“初吻十四行诗”那样吗？如此有去有回、成双出现的完整“情诗信”在现存中古英语抄本中可谓绝无仅有，而我们对其抄本、上下文、作者身份的近乎空白的了解，注定了未来的研究——无论是通过对比还是综合阅读，基于

《马内赛抄本》，14 世纪德国

语文学还是修辞学——尚有许多工作要做。

《致你,亲爱的甜心》堪称“中世纪厌女文学”的范本,与《致我真挚有力的恋人》同样，这也是一首披着情诗信外衣的“反情诗”（mock love poem）。将两者合起来看，它们都颠覆了古典（如卡图卢斯与贺拉斯）和中世纪盛期（如彼特拉克致劳拉的十四行诗）主流情诗中对爱慕对象外貌和品质的约定俗成、极尽恭维之事的描述传统，为文艺复兴及此后一种同样精彩的、以从头到脚贬损其爱慕对象的外貌为特点的、以“你虽丑，我却爱你至深”为核心基调的另类情诗传统开了先声。莎士比亚致“黑夫人”（Dark Lady）的系列十四行诗就是英语中“丑情人”（Ugly Lover）传统最优秀的典范之一，它们的源头，虽然经历了诸多改造和嬗变，或许可以在《致我真挚有力的恋人》和《致你，亲爱的甜心》这组互为镜像的 15 世纪讽刺情诗信中找到一二。

中世纪正义的多棱镜

《亚瑟王之死》

对于托马斯·马洛礼爵士（Sir Thomas Malory）其人，我们掌握的信息到底有多少？我们知道他于1416年左右出生于华威郡，并于1445年成为地方上的一名议员；我们知道五年后他图谋刺杀白金汉公爵未遂；针对他的其他指控还包括：一宗强奸案（某亨利·史密斯夫人）、一系列盗窃案（主要偷牛）、拦路打劫和入室抢劫（库姆修道院及其院长）、两次越狱——他总共服过八次刑。最后但却是最重要的：他是英国小说史上最早的散文体杰作、中古英语《亚瑟王之死》（*Le Morte d'Arthur*）的作者——写于最后一次服刑期间。

命运多舛、简历华丽的马洛礼死后约十四年（1485年），威廉·卡克斯顿（William Caxton）出版了他的遗作——正是卡克斯顿于八年前建起了英国第一家印刷所。此举可谓天时地利，《亚瑟王之死》作为最早一批用英语写就的印刷书（而非耗时、精贵的手抄本）获得了大量读者，成为头一批中世纪畅销书之一。“卡克斯顿版马洛礼”共二十一卷，每卷包含数目各异的章节，总共有507章。卡克斯顿往往任意划分章节，而他制造印刷本所根据的手稿已佚。此外还有著名的“温彻斯特版马洛礼”，基于1934年发现于温彻斯特大学图书馆的一部手抄本，编注者是赫赫有名的尤金·维纳弗（Eugene Vinaver）。维纳弗于1947年以三卷本《托马斯·马洛礼爵士作品集》（*The Works of Sir Thomas Malory*）的标题出版了此书，并根据手抄本的情节结构判断，马洛礼并不想写一部自成一体的作品，而是写了八卷彼此独立的作品，因此不该用《亚瑟王之死》作为总标题，因为它只涉及其中最后一卷的情节。[①]

马洛礼走红的另一个潜在原因是：在15世纪的英国，散文罗曼司作为一种文体方兴未艾，情节环环相扣、近似于章

① 关于究竟有几部“独立作品”的争论由来已久，有人支持维纳弗的八卷说，也有人认为是十一卷。今天，该书的大多现代英语版本译自“温彻斯特版”的中古英语，继承了维纳弗的八卷说。本文对马洛礼的引用由作者结合牛津版维纳弗所编《托马斯·马洛礼爵士作品集》之中古英语本以及凯斯·巴恩斯（Keith Baines）的现代英语本译为中文。

回体的新文体，想必让腻烦了训祷文、宗教诗和神秘剧的普通读者耳目一新。亚瑟王题材的散文罗曼司最早出现于12世纪的法国：古法语散文体《兰斯洛-圣杯》（*Lancelot-Graal*）栩栩如生地讲述了亚瑟、圆桌骑士和圣杯的故事，在欧陆读者中享有盛誉。到了15世纪，散文罗曼司在勃艮第风行一时，与勃艮第往来密切的卡克斯顿敏感地嗅到了商机：马洛礼的作品是主要英语亚瑟王传奇中第一部用散文而非韵文写就的。卡克斯顿不愧是个头脑地道的投资者，他的第一批印刷书出版目录里也包括乔叟的《坎特伯雷故事集》——虽然是基于截然不同的考虑。

一、"作者"马洛礼

关于历史上的亚瑟王其人，最早的书面记载见于蒙玛斯的杰弗里（Geoffrey of Monmouth）于1136年左右以拉丁文写就的《不列颠诸王史》（*De Gestis Britonum or Historia Regum Britanniae*）——杰弗里绝非现代意义上的史家，他将魔法师梅林的预言与女巫宁薇的妖术当作信史记载，同时讲述了 6 世纪时乌瑟·蟠龙王（Uther Pendragon）之子亚瑟在西尔切斯特登基、娶桂妮薇为王后、在不列颠本土及境外所向披靡（战胜罗马皇帝卢修斯、与圣米雪山的怪兽搏斗）以及在剑栏之役死于私生子莫德雷德之手的故事。此外，1066 年诺曼征服后新来乍到的布列塔尼人将本民族神话与威尔士传说糅合贯通，使亚瑟王的故事成为吟游诗人们最心爱的题材。所以马洛礼笔下的人物和情节除了来自中古英语头韵诗《亚瑟王之死》外，主要取自古法语素材，也就不足为怪。

有人认为他不过是个零星传说的编纂者、翻译匠，这显然言过其实。中世纪人对于原创性的理解与今人大相径庭，他们往往过于低调地把本人的独立贡献藏起，宣称自己的作品不过是对前人的汇编，比如 12 世纪晚期诗人莱亚门（Layamon）就在《布鲁特》（*Brut*）的序言中说："莱亚门把这些书摊开在面前，并且翻动书页……摘录下他认为可靠的那些段落，并把这三个文本压缩成一部完整的书"——今日作家对抄袭的嫌疑避之不及，莱亚门却公开说自己是个抄书员。乔叟在《名女传》序言中自称拾穗人（"于是我步其后尘，俯首拾穗 / 如能捡到他们遗留的任何好词句 / 我的心里就会充满了喜悦"），又在《特洛伊罗斯与克丽希达》第二卷序言中言之凿凿："我所写情感并非个人杜撰 / 而只是把拉丁语译成本国的语言……如有的词语不妥，并非我的过错 / 因为我只是复述了原作者的话。”此类措辞看似自我保护，其实深深植根于中世纪的手抄本文化，及其影响下人们对“写作”一事的理解——每一本书都以珍贵的手绘插图或独一无二的字体令人目眩神迷，每一本书都耗费巨大人力且不可能完美复制——在这个今天已消失的文化基础上，写作者首先是一名书籍制作者。

根据 13 世纪神学家波纳文图拉著名的作者身份四分法，马洛礼显然属于第四种书籍制作者，即“作者”（auctor，“既写别人的也写自己的字，但是用别人的字来作为论据，他就应该被称为作者”）。是马洛礼率先以亚瑟取代法语传奇中的兰斯洛成为主角，使用各种英国地名，赋予了《亚瑟王之死》民族史诗和地方王朝兴衰录的特色。法语《兰斯洛-圣杯》[也称《散文兰斯洛》（*Lancelot en prose*），或者“通行（亚瑟王）故事圈”（“Cycle de la Vulgate”）]始于基督受难和圣杯故事，马洛礼却将圣杯放到了书中靠后的位置，而以民族英雄亚瑟的出生和登基开篇，为全书奠定了世俗而非宗教罗曼司的基调；其精准、朴实、优雅的俗语写作对英语语言史更是功不可没——所有这一切都使他成为英语“亚瑟文学”（Arthurian

亚瑟王与圆桌骑士，1470 年左右《散文兰斯洛》抄本

literature)史上第一个拥有近似现代意义上“作家”身份的作者。

手抄本文化使得博尔赫斯笔下的通天塔图书馆不再是一种比喻，而是实实在在地成为一种由书籍及其互文性错综交织而成的巨网，作品作为书，其内涵和外延往往边界模糊。由于以现代标准衡量的文献可靠性、翻译准确性和文学原创性在一部典型的中世纪作品中几乎全都无法找到，我们往往

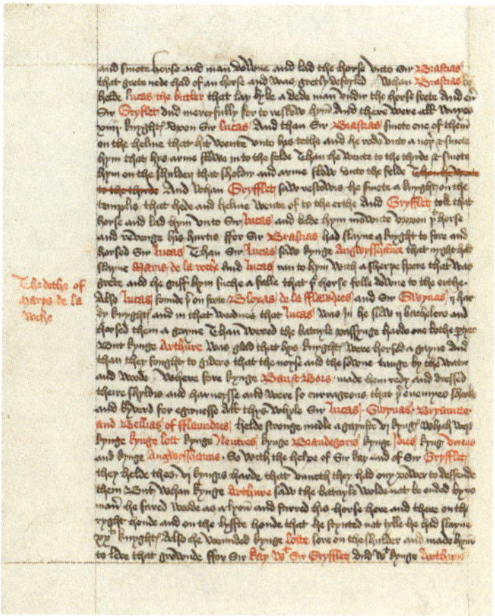

《亚瑟王之死》温彻斯特抄本，约1471—1481年

奥伯雷·比亚兹莱为《亚瑟王之死》所作插图，约1893年

难以断定哪儿是一本书的终结，哪儿是另一本的开始。在这一意义上，也许我们确实可以说，所有的中世纪作品都是匿名的。也正是基于这种考虑，C.S.刘易斯建议所有中世纪文学批评都“应该针对作品，而不是作者”——要用看待集数代人之功于一身的大教堂的态度来看待这一时期的作品。

然而，“作者-作品”的批评模式在中世纪文学中真的全然失效了吗？不可否认，每位作者对他继承的原始素材确实有可靠的独特贡献，在《亚瑟王之死》中，我们就可以窥见马洛礼对整套骑士文学价值观——尤其是“正义”

这一重要概念——的极其个人化的理解。这种个人化理解隐藏在“传统故事编纂者”的面纱背后，需要足够仔细地查看作者谋篇布局的方法、人物性格的细致改动、贯穿全书的微妙暗示，并时刻将其与法语原始素材和同时期欧洲骑士文学的大背景做比较，才不致被全然视为集体创作习俗的一部分。是马洛礼版本的《亚瑟王之死》延续了围绕卡米洛特宫（Camelot）的那条微光粼粼的想象的河流，数世纪以来为从丁尼生到威廉·莫里斯、从艾略特到艾柯的无数作家提供着源源不断的创作灵感。

二、战事正义

马洛礼在《亚瑟王之死》中描述了不下两百场战役，一些战斗要打上好几页，另一些则用寥寥数行交代结果，从中我们可以一窥这个虚拟英雄世界的特定价值观。令人惊讶的是，马洛礼的骑士们在战场上似乎并不看重忠诚。在为庆祝某骑士功业而举行的竞技会上，卡米洛特的圆桌骑士往往并不为君主亚瑟王而战。书中骑士比武的竞技规则如下：战斗

亚瑟王的卡米洛特城堡，居斯塔夫·多雷

双方各由一名或诸名国王率领（国王的概念和今天不同，马洛礼笔下的不列颠诸岛遍布着成百上千个大大小小的王国和国王，后者若拥有一百名骑士就已值得觊觎，故下文即将出现的“百名骑士之王”是颇令人生畏的头衔），双方的骑士可各自选择为己方或敌方作战。举例来说，在《里昂尼斯的特里斯丹爵士之卷》第十二章的罗恩兹普竞技会上，帕拉米德爵士对特里斯丹爵士说："既然兰斯洛爵士和本国许多伟大骑士都为亚瑟王而战，我建议咱俩加入敌方，好赢得更大的荣誉"，特里斯丹当下应允。在同一卷第五章的少女堡竞技会上，特里斯丹目睹"百名骑士之王"带领百名骑士攻击兰斯洛一行十二人，便告诫前者：如此兵力悬殊的战斗打赢了也没面子，如果国王坚持不撤兵，他特里斯丹就要加入兰斯洛那方，"因为更大的荣誉在他们那边"。为了"赢得更大的荣誉"，马洛礼的骑士们常在一场竞技会中频频更换效忠的对象，这类习俗与救济弱者的骑士文学传统美德是一致的。

在《亚瑟王之死》的世界里，每当两名游荡的骑士在密林深处邂逅，他们几乎必定要做的事就是"放低长矛，朝对方冲去"，这种马上枪术比赛的结果在今人看来很大一部分取决于运气——骑士们却把它叫作神意，相信胜利者就是为神所喜爱的。这一升华版的成王败寇逻辑类似于中世纪猎巫运动中盛行的"神判"：巫婆嫌疑人被捆起扔进河里，如果她浮上来就是无辜，沉下去就是有罪，活该被淹死；阿兹特克人也有此类先例：嫌犯被迫用舌头去舔烧得嘶嘶作响的铁块，如果毫发未伤就可无罪开释，如果烫伤就得被定罪。

地面击剑比赛也大同小异。马洛礼的骑士们心照不宣的战斗准则是：只有在不可能马上比枪时才能下地击剑，正如拉美洛爵士所言："真正的骑士要在马背上洗清自己的罪名并接受裁判，除非你被指控犯下了叛国罪，必须决斗致死。"最好的例子见于《亚瑟王之死》第八卷第二章《高文爵士的复仇》。开篇伊始，莫德雷德爵士（在马洛礼笔下，此人是亚瑟与其姨母玛高丝王后乱伦所得的私生子）、亚格拉瓦恩爵士和其他十二名圆桌骑士闯入桂妮薇王后的闺房捉拿兰斯洛与桂妮薇，但兰斯洛单枪匹马杀死了除莫德雷德外的所有人。莫德雷德去亚瑟王座前申诉时，兰斯洛是这样为自己辩护的：

> 只能是因为上帝的神恩，赤手空拳、毫无防备的我才被赐予了击败所有这些人的力量。直至今日我也不知王后为何唤我入她的闺房，因为我刚一进门，亚格拉瓦恩爵士和莫德雷德爵士就开始边叫"叛徒"边嘭嘭砸门。

这儿，兰斯洛援引自己在战斗中的胜利作为自我开释的证据。兰斯洛是马洛礼的完美骑士，整本书中，对于兰斯洛与桂妮薇之间爱情的性质，马洛礼始终谨慎地保持模棱两可的态度。单从事件本身来看，确是他俩的私情导致了卡米洛特的覆灭，成为亚瑟之死的导火索。对于那致命的一夜，马洛礼的措辞是：“那夜他俩是否做了爱或仅仅想要交谈，我们无从得知”——却反而让读者更加心生疑窦。虽然兰斯洛的自我辩解未能使他和王后免罪，他援引战斗中的胜利作为自己无辜的证据却并非出自骄傲或心血来潮——这似乎就是当时通行的做法。本着这一逻辑，当亚瑟指责兰斯洛叛国时，后者如此回答：

我的君王，您指控我杀害了您的骑士，我深深后悔！但请您考虑一下，我只是为了自卫和保护您的王后才不得不这么做。您指责我与王后有染，那么我要回答，有没有任何骑士——除了您本人和高文爵士——前来以武力证明这件事？他们没有。假如他们这么做了，事实只会证明王后在清白忠贞方面不输任何女人。

马上枪术比武，《马内赛抄本》，14世纪德国

这一切都与马洛礼对“骑士之花”——尘世中的完美骑士——的理解有关。马洛礼笔下的兰斯洛是一切骑士美德的化身：勇武、公正、慷慨、爱护弱者，以及至死不渝地为女

《亚瑟之墓（兰斯洛与桂妮薇的最后一次相见）》，但丁·加布里埃尔·罗赛蒂，1855 年

《亚瑟在阿瓦隆最后的长眠》，爱德华·伯恩－琼斯，1881—1898 年

士们效命——恰恰是这最后一项使得兰斯洛的性格和行为变得暧昧不清，最终使他丧失了获得圣杯的最高荣誉。

三、复仇正义

1. 弑母报仇？佩利诺家与洛特家的世仇

中世纪骑士们的复仇准则远非一句铿锵有力的“以眼还眼，以牙还牙”那么简单，公正与过度之间只有一扇滑动的纸门。马洛礼对他笔下的角色似乎没有多少心理学上的兴趣——以今天的文学标准，光这一点就足以取消他小说家的身份——《亚瑟王之死》中大部分骑士的性格大同小异，而个性突出的那几位又常常显得前后不一致（这或许是从不同的原材料中借用情节的代价之一），同时书中完全不提供人物性格发展的契机：这是中世纪罗曼司的普遍特点，几乎永不成长的主人公站到了近代教育小说（Bildungsroman）的反面。比如高文爵士在处理兰斯洛与桂妮薇私情一事上表现得顾全大局，宽容可敬（奉劝莫德雷德不要去亚瑟面前煽风点火，在后者不听劝阻后表示绝不参与），让人想起14世纪头韵诗《高文爵士与绿骑士》中那个高贵的“模范骑士”高文。但他在“帮助”佩利阿斯爵士赢得美人芳心一事上却显示出十足的卑鄙无信（主动要求担任信使，成人之美，结果却捷足先登占有了佩利阿斯的心上人）——后一形象的高文在桂冠诗人丁尼生的长诗《国王牧歌》中得到了继承。究竟是何种原因造成了这种性格突转，马洛礼只字不提。

尽管如此，马洛礼的高文却有个始终如一的特点：对复仇一事毫不含糊，不达目的绝不善罢甘休。高文、加赫里斯、加勒斯和亚格拉瓦恩都是玛高丝王后和洛特国王的儿子，洛特王曾率领一众国王反叛亚瑟王，并被亚瑟的同盟佩利诺国王杀死，由此触发了一场长久家族世仇的开关：先是高文为报父仇杀死了佩利诺国王，然后，佩利诺国王的儿子拉美洛爵士（一位可与兰斯洛和特里斯丹媲美的英武骑士）鬼使神差成了玛高丝王后的恋人，此举令高文大为光火：“我们本来就有足够的理由憎恨拉美洛爵士，他很可能永远是我们的仇敌……现在他竟追求我们的母亲，让我们蒙羞。”马洛礼自己也指出，高文的愤怒部分来自嫉妒，因为前不久他刚在竞技场上被拉美洛打败。高文暗中设计让母亲玛高丝和拉美洛在密室幽会，唆使加赫里斯持剑闯入其中，接着发生了最不可思议的一幕：加赫里斯没有如我们所预料的那样杀死拉美洛，而是“大步走向床前，抓住他母亲的头发，砍掉了她的头”，留下拉美洛看着“自己心爱的女人的热血从她残废的身体中喷涌而出，目瞪口呆”——高文自然也不会放过拉美洛，不久后便使阴招除掉了他（先砍死拉美洛的马，然后三人包抄，从背后刺杀马上人）。

这以正义之名弑母的恐怖一幕立刻会让人想起另一宗更著名的弑母案：俄瑞斯忒斯为了替父亲阿伽门农报仇，杀死了母亲克吕滕涅丝特拉及其情人伊吉斯特斯——荷马在《奥德赛》、埃斯库罗斯在《俄瑞斯忒亚》三部曲（《阿伽门农》《祭酒者》《复仇女神》）中都讲述了这个故事。和马洛礼的平铺直叙不同，埃斯库罗斯使用这一主题对正义的本质进行了一番探索，戏剧化地呈现了“正义”概念在三出戏里的演变过程。希腊文“正义”（dikē）一词在法律层面上的意思是“法庭，案件”，在道德宗教层面上的意思是“复仇、惩罚、权利”，在政治层面上则表示一种社会秩序，包括社会的正确组织方式和个人的正确行为。在《阿伽门农》和《祭酒者》中，“正义”仅仅在于《旧约》式的复仇，而在《复仇女神》中却发展成一种法律上的正当性，由城邦及其民主机构的秩序来强化。克吕滕涅丝特拉与情夫伊吉斯特斯合谋杀死了丈夫阿伽门农，但玛高丝王后和拉美洛爵士是无辜的——洛特王早已被佩利诺王杀死，而高文已经杀死佩利诺报了仇：一命偿一命，旧账已算清。原则上说，拉美洛和玛高丝相爱并没什么可指责的——除了高文认为这是对他家族的羞辱。

俄瑞斯忒斯因弑母而被复仇女神追赶，靠雅典娜坐着送神机从天而降才被免了罪，虽然如此，他仍被塑造成一个痛苦地做了不得不做之事的悲剧英雄。与此相反，高文与其兄弟的弑母既激怒了神（高文注定无法获得圣杯），也激怒了人（亚瑟、兰斯洛、特里斯丹）。这样的复仇在高文眼中是正义的，但上帝似乎并不同意。类似地，在第八卷中，亚瑟多次愿与兰斯洛复合（即使在知道了后者与桂妮薇的关系后），但高文坚持要为被兰斯洛误杀的兄弟加赫里斯和加勒斯报仇，“如果国王接受你（兰斯洛），他就要失去我和我全家的效忠”，百般怂恿亚瑟与兰斯洛开战，最终导致了卡米洛特的覆灭。第八卷第二章题为《高文爵士的复仇》，可谓意味深长。

2. 断头游戏——可疑的复仇

无论“断头游戏”在历史上是否真有其事，它在人类学和文学批评中已经取得了近似于“原型”的地位。这一情节可能首次出现于8或9世纪的爱尔兰史诗《布利克琉的盛宴》中，后来又在12或13世纪的法国罗曼司《卡拉多之书》中回荡，当然，最有名的例子要数14世纪的中古英语长诗《高文爵士与绿骑士》。

马洛礼继承了这个情节：在护送美人绮瑟去马克王宫殿的路上，特里斯丹寄宿在康沃尔某座“哭泣的城堡”中，两人在那儿没有受到合乎礼仪的招待，却被双双投入了大牢。次日清晨，城堡主人布鲁诺爵士告诉他们其中的原委：本地有个风俗，每个路过的骑士都必须让自己的女伴和城堡主人的妻子比美，按照风俗，若城堡主人的妻子更美，则外来女伴需被砍头，反之亦然；然后骑士再与城堡主人比武，胜者可以赢走方才比美中取胜的女士。特里斯丹虽不情愿，也只得入乡随俗，他带来绮瑟，用剑指引她旋转三周，掀开她的面纱，布鲁诺爵士同时也这么对待他的妻子——毫无悬念地，在场的所有人都承认绮瑟更美丽。特里斯丹也是马洛礼笔下集所有骑士美德于一身的角色，直到这一刻为止，他的行为都完全合乎完美俗世骑士的标准，然而就在我们以为他一定不会遵守该城堡野蛮的风俗（砍掉一位贵妇的头）时，特里斯丹说：

> 你的女伴要掉脑袋，这或许是耻辱的事，然而，她不是你在这邪恶习俗中的合谋者吗？不是造成了许多尊贵的女士和英勇的骑士的死亡吗？所以，我会首先砍掉她的头，然后打败你，砍你的头，这将令我宽慰。

并且他真的这么做了。这是对传统骑士道德——为女士服务高于一切，甚至高于对君主的效忠（如我们在亚瑟、兰斯洛、桂妮薇的关系中看到的那样）——的一次重创。特里斯丹的理由是，布鲁诺爵士的妻子是残忍断头游戏的合谋者，将她斩首是行使复仇的正义，然而，这位不幸的夫人只是丈夫棋盘上一枚做不了任何主的棋子，毕竟，她自己也很可能在上一场断头游戏中失去了丈夫，不得不被困在这“哭泣的城堡”中。即便她真的负有责任，考虑到她贵妇的身份，普通骑士一般都会从宽处理，更何况特里斯丹的本意是要以“拯救者”的身份废除这项比美砍头的陋习。此处，特里斯丹的鲁莽和缺乏宽容也暗示了他日后的悲剧命运。

可以看出，马洛礼虽不直接反对“以眼还眼，以牙还牙”

的旧式复仇，超出严格公正范围的连环血腥复仇却是他谴责的对象。《亚瑟王之死》中以“复仇过度”而臭名昭著的正是高文爵士——这是马洛礼对法语原材料中以忠心耿耿而闻名的高文的重要改写——对高文形象的贬损也反映出作者对嗜血复仇的反对。类似地，“算错账”也是对正义的践踏，一如我们在加赫里斯弑母和特里斯丹斩首贵妇这两个重口味桥段中看到的那样。

四、“典雅爱情”中的正义

“典雅爱情”（amour courtois / courtly love）一词的地位是由加斯东·帕里斯 1883 年在《关于圆桌传奇〈湖上的兰斯洛〉的研究》（*Études sur les romans de la Table Ronde: Lancelot du Lac*）中首先确立的，其研究文本《兰斯洛：囚车骑士》（*Le conte de la charrette*）是 12 世纪法语亚瑟王传奇集大成者特洛瓦的克雷蒂安（Chrétien de Troyes）的代表作。在帕里斯的定义中，典雅爱情是一个将女性偶像化、崇高化的过程，作为崇拜者的骑士则要不惜一切代价满足心上人的任何愿望，以赢得芳心。这个过程未必涉及性，但也绝非纯粹的精神恋爱，因为性的吸引恰恰是触发这段关系的原力。C.S. 刘易斯在《爱的寓言》（*The Allegory of Love*）中将涉及性的部分说得更加直白，把典雅爱情定义为“一种极其特殊的爱，其特点包括谦卑、文雅、通奸，还有爱之宗教”。这句话也凸显了典雅爱情的另一个暗面：它很少发生在合法夫妇之间，而是暗中进行的，往往被看作是对无涉爱情的中世纪婚姻的一种补偿。

历史学家们——诸如 20 世纪 60 年代的 D. W. 罗伯岑和 70 年代的约翰·C. 摩尔、E. 塔波特·多纳森——声称“典雅爱情”一词实为现代人的发明，没有充足的文献证据可证明它确实存在。不过，“典雅爱情”的近亲“优雅爱情”（fin’amour / fine love）却早在 11 世纪左右就大量散见于普罗旺斯语和法语文献中，绝非今人的生造。一般认为这一传统——至少在文学作品中——在阿奎丹、普罗旺斯、香槟和勃艮第公国最为盛行，传说是阿奎丹的埃莉诺及其女儿玛丽将优雅爱情的理想先后引入了英法两国的宫廷。涉及典雅爱情的文学体裁有抒情诗、寓言故事、罗曼司、训诫文等，最著名的训诫文当数安德雷斯·卡波拉努斯（Andreas Capellanus）模仿古罗马奥维德《爱的艺术》（*Ars Amatoria*）所作的《论爱情》（*De Amore*）。卡波拉努斯将典雅爱情定义为“纯洁之爱”：

> 是纯洁之爱将两颗心儿销魂地拴在一起。这类爱出于脑的沉思和心的深情，最多只能抱一下，亲个嘴，或小心翼翼地碰一下爱人的裸体，而那最终的慰藉对于想要纯洁地相爱的两人而言是禁止的……那种爱称为混合之爱，它起于每种肉体的愉悦，止于维纳斯的终极行为。

这段理想主义的话充满了自相矛盾：“纯洁之爱”与“混合之爱”当真如此泾渭分明？一个吻、一个拥抱究竟比“维纳斯的终极行为”纯洁多少？假如面对情人的裸体，一名骑士什么都不做，但头脑中想到了“肉体的愉悦”，他的爱是否还称得上“纯洁”？另一些中世纪作者如但丁、乔叟、约翰·高厄、克雷蒂安、形形色色的吟

典雅爱情场景，《马内赛抄本》，14世纪德国

游诗人，还有马洛礼本人，则并不认为被恋慕对象的美好身体引发欲望有什么不妥。马洛礼从不试图让我们相信兰斯洛与桂妮薇、特里斯丹和绮瑟之间的“典雅爱情”是纯精神性的，不过，他还是含蓄地谴责了沉溺肉欲的行为，多次暗示正是这一阿喀琉斯之踵导致这两名最优秀的骑士没能获得圣杯，也正是这种不合法的爱情为卡米洛特的覆灭埋下了祸根。为此，马洛礼谨慎地削减了法语材料中大量美化典雅爱情的段落，在这一点上他的态度是明确的。

1. 兰斯洛与桂妮薇

一如查尔斯·莫曼所言，马洛礼将兰斯洛与桂妮薇的爱情悲剧看作是“王朝末期涉及通奸的典雅爱情与王朝成立伊始生机勃勃的骑士爱情之间”角力的产物。不过，马洛礼并未将典雅爱情与骑士美德绝对对立，而是承认典雅爱情也是真诚的爱——正是真诚的爱在骑士心中激发最高贵的情感，激励他去习得其他美德：文雅、勇敢、忠诚、怜悯、慷慨等，从而使他不断向神趋近。马洛礼让绮瑟责备宫廷弄臣戴纳丹爵士：“可耻！你是一个骑士，却不恋爱？”然而缺少了核心美德“忠贞”的典雅爱情在马洛礼看来又是真诚爱情的堕落形态，这一堕落是逐步发生的。

比较一下第二卷《湖上骑士兰斯洛的故事》与第七卷《兰斯洛爵士与桂妮薇王后之卷》，不难看出，第二卷中的兰斯洛是且仅是一名热情但谨慎的恋人，对自己的爱能否得到回报没有信心，只是在安全的距离外远远仰慕着心上人。当宫中传出关于他和王后的流言蜚语时，兰斯洛表示抗议；当被问及为何不结婚时，他回答："因为那样我就得侍奉妻子，而不是参加竞技会、奔赴战场、骑马寻找历险。我也不想找个情人，一是出于对上帝的畏惧，二是我相信，那些占有情人的骑士在遇见另一位心地更纯洁的骑士时总会吃败仗……我相信真正的骑士既不会通奸，也不会纵欲。"有人认为这恰恰是兰斯洛隐藏真相的托词，然而从上下文判断，这确实更像是这一时期兰斯洛对婚姻和典雅爱情的真实看法。第二卷中的青年兰斯洛野心勃勃，最关心的是赢得荣誉——这也正是该卷的主题：兰斯洛如何凭借战场上的成就和对弱者的善行逐渐成为亚瑟宫中最杰出的骑士。关于他与王后的关系，马洛礼只是淡淡写了一句："所有这些骑士中有一名最为卓越……就是兰斯洛爵士，他也是桂妮薇王后最青睐的人，并向王后宣誓效忠。"这儿，成为王后"最青睐的人"不过是兰斯洛在宫中显赫地位的另一项证据，不足以表示两人之间存在私通关系。当然了，或许此时两人已经对彼此产生好感，但这是一种基于《天真之歌》调子的好感。总的来说，第二卷中的兰斯洛是被作为一切骑士美德的理想化身来塑造的，他的爱也合乎“正义”的准则：从遥远的距离膜拜心上人的头脑和灵魂。

与此相反，第七卷的基调则是《经验之歌》式的。值得注意的是，第七卷紧跟第六卷《圣杯的故事》，通过对法语素材中事件顺序的打乱重组，马洛礼似乎在暗示：正是违背了骑士理想的爱情使兰斯洛失去了圣杯，反过来，未能寻得圣杯（象征着信仰的缺失）也加速了爱情的腐化。

即便如此，兰斯洛仍是马洛礼的“骑士之花”。兰斯洛的悲剧与其说是源自自身的性格缺陷，不如说是植根于原本就自相矛盾的骑士价值体系本身。而象征着尘世完美宫廷的亚瑟王的卡米洛特之所以覆灭，也是由成为其根基的一整套理想的内在缺陷造成的。这种内在缺陷在对“典雅爱情”的态度上表现得登峰造极：根据完美的骑士理想，忠诚、热烈、持久地彼此相爱的恋人间不能有“维纳斯的终极行为”，然而，假如一对恋人的“典雅爱情”果真忠诚、热烈、持久，他们又怎可能弃绝彼此的肉身，而将这部分的自己永远交给他人？

亚瑟的姐姐摩根向亚瑟展示兰斯洛描绘他和桂妮薇爱情的壁画，15 世纪法国抄本

兰斯洛为了拯救桂妮薇赤手空拳爬过“剑之桥”，15 世纪法国抄本

他们应该渡过永远禁欲的一生，同时在“更高的事物”中寻求慰藉，还是应该暗通款曲，为王朝埋下毁灭的种子？这里的悖论在于：真正合乎骑士理想的爱情恰恰是完全没有出路的——除非它变得不那么合乎骑士理想，就像兰斯洛与桂妮薇那样。“典雅爱情”的绝望处境是由它带有禁忌性的前提决定的——女主人公不是别人的妻子（桂妮薇之于亚瑟王）就是未婚妻（绮瑟之于马克王）——其堕落也是命中注定的。

2. 特里斯丹与绮瑟

马洛礼版本的特里斯丹与绮瑟之恋与法语素材有几处重大出入。首先，在《亚瑟王之死》中，特里斯丹和绮瑟不是因为误喝了为绮瑟和马克王准备的魔药才坠入爱河，而是在误喝魔药前就一见钟情。这实际上强调了两人关系的“典雅爱情”特点——双方是在知道绮瑟已许配给特里斯丹的叔叔马克王的情况下相爱的。其次，马洛礼的《里昂尼斯的特里斯丹爵士之卷》开篇，特里斯丹和马克王并非因为绮瑟才反目成仇，而是为了另一名已婚贵妇（赛格瓦利德斯爵士之妻）。贵妇青睐的是特里斯丹，两人同房时被发现，特里斯丹在逃跑的路上遭到了马克王手下的伏击——我们再次看到马洛礼对婚外典雅爱情导致亲戚反目、王朝覆灭这一点的强调。最后，马洛礼完整地去除了法语传奇中最著名的一幕——绮瑟绝望地想要赶到垂死的特里斯丹身边，报信的船只却挂错了帆，两人双双殉情（这一扣人心弦的结尾为两人赢得了大把同情和热泪）——这样做很可能是为了不把这种具有毁灭性的典雅爱情悲剧化、崇高化。

种种改写都表明，马洛礼是把特里斯丹与绮瑟的故事作为兰斯洛与桂妮薇故事的平行线来展开的。事实上，绮瑟在得知特里斯丹与“白手绮瑟”（同名者——特里斯丹一生中共有三个叫绮瑟的女人）结婚后，曾写信向桂妮薇寻求安慰。后者劝她放心，因为“最高贵的骑士往往最容易被诱入错误的婚姻，但随后他们总会带着比先前更大的热切回到初恋身边”。类似地，兰斯洛也鼓励特里斯丹与绮瑟的关系，并为他们提供自己的城堡作为庇护所，当听说特里斯丹背叛了绮瑟，他的反应是：“我，兰

《手握魔药的特里斯丹和绮瑟》，约翰·沃特豪斯，1916 年

《特里斯丹和绮瑟（死亡）》，罗杰里奥·德·艾古斯奎扎，1910 年

斯洛爵士，曾为你英勇的业绩和温柔的心而比所有在世的骑士都更爱你，如今却要比所有在世的骑士都更鄙视你，现在，我就是你的死敌。”马克王同样也和亚瑟王通信。这两段危险的三角关系互为镜像，共同反映出典雅爱情和整套骑士价值体系的内在矛盾和本质缺陷。

3. 加勒斯和里昂妮丝

如果说兰斯洛与桂妮薇、特里斯丹与绮瑟都是“典雅爱情”的典范，加勒斯与里昂妮丝就是“反典雅爱情”的范例。加勒斯爵士是洛特王最小的儿子，他隐名埋姓来到亚瑟的宫殿，在厨房里为毒舌的凯爵士做了一年粗活——后者因加勒斯生得细皮嫩肉而戏称他为“美手”（Beaumains）。后来他通过自己的业绩（而非高贵的出生），被兰斯洛爵士封为骑士。

加勒斯与典雅爱情中男主角的差异首先在于：他的心上人里昂妮丝小姐尚未婚配，因此这不是一段打从一开始就受了诅咒的感情，无须避人耳目；其次，加勒斯不像那些拐弯抹角的典雅爱情男主角般“在安全的距离以外远远地膜拜心上人”，事实上，一发现自己爱上了里昂妮丝——也就是说，当他第一次从城堡的窗口望见她的一刹那——加勒斯立刻就发动了攻势。而里昂妮丝本人也绝非典型的典雅爱情女主角。当然，加勒斯初次求爱时，她没有立刻接受，而是请他“再奋斗一年”，说只有在他赢得更多荣誉后才能嫁给她。然而这一试探并非出于对典雅爱情礼仪的遵守，而是为了拖延时间，好暗中调查清楚这位隐姓埋名的求婚者的身世——因为“在打听明白之前，我自然不能爱他”——而她打听的方法是绑架加勒斯的侏儒仆从，从后者嘴里逼问出真相。她这种雷厉风行的务实作风还体现在，一旦得知加勒斯出身足够高贵（洛特国王的儿子），她立刻就宣布：“现在我可以爱他了。”

里昂妮丝对加勒斯仅有过两次试探，除了上述一次外，另一次是装扮成陌生公主去试探加勒斯的忠诚——结果是对“典雅爱情”所标榜的至死不渝、忠贞专一的爱的一次莫大讽刺：加勒斯立刻爱上了这位陌生的公主，“多次暗自希望他自己在‘危险的城堡’的爱人（里昂妮丝本人）能像眼前这一位那么美丽亲切”，并且立刻向里昂妮丝假扮的陌生公主发动了攻势。看到加勒斯如此朝三暮四，里昂妮丝和一切典雅爱情女主角一样暴跳如雷，然而她采取的策略却是：立刻褪下伪装显示真身，使加勒斯重新又迷上了她本人——多么讲求实际！当天午夜，她便“来到大厅，脱掉貂皮斗篷（她身上唯一的装束），滑进了加勒斯爵士的被褥”——怎样的效率！这一切与那些藏在城堡最深处、等着情人征服世界后前来拯救、一吃醋便以头抢地的“典雅爱情”传统女主角大相径庭。里昂妮丝是个有俗世智慧的现实女孩，知道理想良人和时间一样不等人，想要什么就得自己动手争取。就这样，霹雳俏娇娃里昂妮丝小姐轻易跳出了被文学传统美化的、木雕泥塑般的典雅爱情女主角形象的窠臼，为自己赢得了实实在在的爱情。

五、寻求圣杯：宗教中的正义

圣杯(grail)一词更早的拼法是“gral”——拉丁文“gradalis”或“gradale”在古法语中的变体，意为“分阶段、一步步”，指餐桌上一道一道上菜时使用的盛器。在圣杯系列传奇成形后，中世纪晚期的作家们为“圣杯”(sangréal)一词杜撰了一种词源，认为“sangréal”派生自“sang real”(古法语“皇族之血”)。后世作家们从中汲取灵感，对这个双关语做了各种精彩纷呈的发挥。

寻找圣杯的征程发生在卡米洛特空前繁荣之时——或者看起来如此。按照古老的习俗，圣灵降临节晚宴开始前，大家要济济一堂，等待一个奇迹发生。而这一夜却接连发生了三个奇迹：圆桌边此前一直空着的“危座”上出现了金色神谕，兰斯洛的儿子加拉哈德爵士成了这个座位的主人；加拉哈德成功地拔出巴林爵士的宝剑，插入了自己的剑鞘；盖着白色金银丝锦缎的圣杯由一位看不见的少女托着穿过大厅，发出的光亮令在场所有人都无法开口，并在每位宾客面前呈上了他心里渴望的食物。圣杯消失后，高文提议全体骑士第二天

《圣杯女士》，但丁·加布里埃尔·罗赛蒂，1874 年

外出寻找圣杯，一年零一天后再回宫。此时的亚瑟王仿佛未卜先知，隐隐感到卡米洛特的繁荣不过是如雾如电的表象，而寻找圣杯只能加速它的覆灭。亚瑟先后三次反对这次征程：一次是在白鹿贵妇从隐士纳西安那儿送信后；一次在高文提议寻找圣杯后；最后一次在骑士们出发当天黎明——“我们这队人再也不会完整地聚集在这座宫中，你们就要踏上寻找圣杯的征途，其中一些人将永不复返”——亚瑟对于手下骑士们道德上的种种缺陷并非浑然不觉，正是这些缺陷将让他们在圣杯之旅中付出生命的代价。

马洛礼版圣杯故事的特点之一，是将法语素材中泛泛提到的罪行专门化：一名骑士如有某种罪过，就会败在象征这种罪的敌人手中；被打败的骑士若能幸存，就会遇见一位隐士向他解释他失败的原因，听他忏悔，为他赦罪。比如，梅利阿斯爵士和加拉哈德爵士同时来到一个岔路口，前者固执地选择了为更优秀的骑士准备的路，并在一幢林间小屋里取走了一顶金王冠——在这条路上，他险些死于两名陌生骑士

《加拉哈德爵士寻找圣杯》，亚瑟·休斯，1879 年

之手，这两个敌人分别象征骄傲与贪婪，而加拉哈德爵士因为没有这两种罪，成功地打败了这两个人，救了梅利阿斯爵士的命。

类似地，由于加拉哈德在上帝眼中是纯洁无罪的，他就能在“少女堡”中单枪匹马打败七名象征七宗罪的骑士。“少女堡”本身象征被困于身体中的灵魂，加拉哈德则“像我们的主基督一样，自己承担了这个世界的罪过，拯救人们的灵魂去往天国”。值得注意的是，加拉哈德打败七名骑士后并没有杀死他们，因为在他看来，除非万不得已，杀戮是不被允许的。与之相反，高文爵士与其同伴把这七人赶尽杀绝，这也是他们未能获得圣杯的原因之一。在一名隐士向高文说明他的罪行后，高文拒绝悔过，于是在接下来的四天中，高文没能碰到任何历险的机会。

兰斯洛最大的罪过是情欲，由于对象是亚瑟的王后桂妮薇，这项罪上又增添了欺君之罪。但纵欲并非兰斯洛一人的罪行，而是卡米洛特宫中盛行的罪——卡米洛特本身就建立于不伦恋情之上（人人都对亚瑟的出生窃窃私语——他的父亲乌瑟王是假扮廷塔哲公爵夫人伊格琳的丈夫，进入其房间与之交欢并生下亚瑟的），多年来又被内讧和近亲残杀的罪过所玷污。导致王朝覆灭的正是婚外的情欲（兰斯洛–桂妮薇）和乱伦（亚瑟死于他自己和姨母玛高丝乱伦生下的儿子莫德雷德之手）。马洛礼的兰斯洛是一切尘世美德的化身，而这位整座卡米洛特宫中最卓越的骑士都无法获得圣杯，恰恰证明了整个骑士价值体系、整个赢得了如此之多尘世荣光的圆桌同盟的本质缺陷。兰斯洛是寻找圣杯故事中的主角，然而却注定无法成为圣杯骑士，这正是马洛礼重新塑造这一角色的意图之一。

真正的圣杯骑士，被上帝的、而非人间的正义法则判为完美无瑕的骑士，恰是兰斯洛与看守圣杯的“渔王”（Fisher King）之女伊莲所生的儿子加拉哈德。但是，加拉哈德获得圣杯却挽救不了卡米洛特的命运，因为马洛礼从头到尾都没有将他塑造成常规圆桌骑士的一员。加拉哈德与他的父亲不同，他并非宫廷骑士文化的产物，却像是仅仅为了寻找圣杯这唯一的任务而“下凡”。他被看作基督唯一真正的仆从，拥有“白色百合的贞洁和燃烧的红玫瑰的美德：那是圣灵的属性”。在获得圣杯后，他自愿离世：“自从看见圣杯显现的神迹以来，我一直渴望着身体的死亡，因为那时我懂得了世上任何人都不懂的喜悦，我的灵魂渴慕着圣三一，渴望每日都能看见我主的荣光”——这种死亡方式再次强调了他与基督的相似性，马洛礼在此流露出深沉的宗教情感。如此一位在神眼中一尘不染的骑士本不属于此世，而是为了向人们彰显神意而特地被派到世间，为世人而死的。加拉哈德在生命最后阶段行了治愈跛子等一系列神迹，这也强调了他近似于弥赛亚的身份。

马洛礼也在本卷中含蓄地评论了之前提到的三种俗世正义。在一些场景中，他安排某些骑士在宫廷/骑士行为准则和神圣法则间做出抉择，以此考验他们的信仰和虔诚。比如，博尔斯爵士拒绝攻击他的兄弟利奥尼——尽管利奥尼企图杀死他，而科勒葛莱旺斯爵士和一名隐士都为了保护他而被利奥尼杀死。按照骑士间的同态复仇准则，博尔斯这么做无疑是不正义的；然而博尔斯说，他只畏惧上帝，因此没有为科勒葛莱旺斯和隐士复仇。他做出这番决定并不容易，事实上，他原打算与利奥尼决斗致死，但此时他听到了来自天上的声音，一束耀眼的火焰挡住了他的视线，使兄弟二人都陷入昏迷——这是博尔斯多年保持虔诚和贞洁（这方面他只犯过唯一一次错误）的回报。马洛礼正是这么使得神圣正义得以在人间运作的。博尔斯最终成为两大“小圣杯骑士”之一（另一位是帕西法爵士），和大圣杯骑士加拉哈德一样成功地完成了从俗世伦理到超验宗教伦理的升华。

《亚瑟王之死》中呈现的正义概念是多维度、错综复杂的，或许它并不能反映马洛礼本人对正义的看法，但它确实反映了英语文学史上首位以本土语言写作的散文大家对于古老骑士文化中道德、政治、宗教价值观的理解。马洛礼如当时大部分英国人一样是个基督徒，并以基督徒的方式在书末请求读者“为他可怜的灵魂祈祷”。而我们在《亚瑟王之死》中看到的，其实是一个基督徒对约10个世纪以前“半神话-半传奇”

的准基督教世界的评价。在那个世界里，基督徒的美德通过与异教价值观交相糅合，诞生了诡谲奇异的果实。

无论对马洛礼还是对我们，这样一个骑士文化宫廷是否真实存在过都不是最重要的。我们甚至可以想象马洛礼本人对古法语和中古英语原材料中纷纭杂乱、常常自相矛盾的正义准则感到不知所措。然而他试图将这一切调和重构为一个有机整体，从而建立一套相对一致的骑士价值体系，仅仅是这种努力，就已使他的地位远远超过了同时代的翻译者或资料编纂人，成为一位名副其实的“奥克托”（作家）。

描摹东方

“世界之布”上的异域书写

一、“栅格”或“故事”：作为叙事术的中世纪地图

地图从来不只是测绘学的产物，而是地图制作者或委任者政治文化观、地域边疆观、族裔文化观的载体。一切地图都有视角。16 世纪以来，驱动欧洲地图工业蒸蒸日上的是航海时代的殖民与贸易需求，为之提供最新技术支持的是古登堡印刷术。葡萄牙、西班牙、荷兰、英国等国君主竞相资助奢华的世界地图集计划，这些计划就如其赞助人发现和垄断“未知领土”商路的野心一样宏大，从其中一些最知名地图集的标题就可窥其一斑——譬如马丁·瓦德泽穆勒（Martin

奥提列乌斯《寰宇大观》，第一部现代世界地图集，1570 年佛兰德斯

Waldseemuller）的《宇宙志》（*Cosmographia*，1507）和亚伯拉罕·奥提列乌斯（Abraham Ortelius）的《寰宇大观》（*Theatrum Orbis Terrarum*，直译为“地环剧场”）——两者都是 16 至 17 世纪欧洲“地图集时代”最常用的拉丁文地图标题。自然，诞生于这一时代的地图奉“精确性”为圭臬：一张地图越是自诩为客观准确，是从未抵达之地的可把握的缩影，是精微的测绘仪器对广袤无垠的征服，它就越能宣称自己在航海大发现时代是“有用的”，讲求实效的、回报可观的。文艺复兴以来，这种导航至上的实用主义地图观直至今日仍

难以撼动，在全球各类 GPS 定位系统和手机地图软件中登峰造极。

然而仅在短短数世纪前，主流欧洲中世纪世界地图却并不以“有用”为起点，画在羊皮或牛皮手抄本上的地图也很少是追求效率的“寻路指南”。中世纪地图首先是一种道德化、政治化、宗教化的图文叙事。中世纪拉丁文和各主要俗语（古法语、中古英语等）中都没有能够准确对应现代“地图”这一概念的词汇，而多用其他名词代指地图，它们包括但不限于：pictura（图画），tabula（图表），descriptio（描述），historia（故事或历史）。现代英语中表示地图的名词 map 来自中世纪拉丁语 mappa，意为“布料”，“世界地图”（mappa mundi）一词在中世纪拉丁文中的原意即“世界之布”。典型中世纪地图的确是一块由色彩、事件、物种与概念织成的拼缀织物，一页继承了普林尼式古典博物志视角的百科图鉴，一种写在羊皮或牛皮上的超链接。

我们如今生活在“栅格地图”（grid map）全面获胜的年代。栅格地图“将一套抽象的几何网格置于空间之上，在这种网格系统中，任何物体或人物都可以被坐标化……它们能使任何个人或物体在一个抽象的空间整体中得到自己的定位。

它们的危险在于，它们大肆将世界压缩为数据，以至于可以不考虑存在本身而记载空间。一切都可以被定位、安置、标记、追踪。一切都可以被锁在栅格之中”。[①] 但我们不该忘记，从拉斯科岩洞星空图到古巴比伦陶片地图，从阿门纳赫特为拉美西斯四世绘制的纸莎草地图到中世纪“世界之布”，已知人类数万年地图编绘史的大部分时期是故事-叙事地图的年代。在成为一门田野科学和测绘术之前，地图编绘学首先是一种叙事术，而地图上以图像和文本讲得最好的故事（story）往往写就了历史（history）。故事-叙事地图聚焦于“身临其境的某个人或某种文化对一个地方的看法。它们是对特定旅程的记录，不是描述一个无数旅程可能在其中上演的空间。它们是按照旅行者的路线建构的，它们的周界就是那位旅行者目力或经历所及的周界”，这样的地图是一门糅合确知、推演与假设的艺术，如麦克法兰所言，它们“讲述关于地方的故事，惊异、爱、记忆和恐惧都在它的计划之中”。故事地图比栅格地图更具厚度（就前者的物质载体兽皮而言，更是字面意义上如此），是记载往昔也预演未来的深度地图，是适合成为沉

① Robert Mcfarlane, “Off the Grid: Treasured Islands”, p. 98, in Huw Lewis-Jones ed., *The Writer's Map*, pp.94—101. 该书中文版《作家地图：虚幻国度地图集》由本文作者翻译，将由华东师范大学出版社出版。

思默想对象的活生生的思想地图，梳理着人类心灵认识世界和自我的方式的演变。

中世纪地图同时是地理和历史，是知识也是信仰的产物，是地名索引也是朝圣路线图，是炫耀制图者渊博知识和绘画技巧的动物图典，也是一部关于宇宙创世蓝图和个人生活愿景的寓言集。它们虽然处处体现出编绘者对“别处”和“他乡”的了知，却并不展示近代以来“世界主义”（cosmopolitism）一词的内涵，反而充满了表现异域恐惧症的图像和铭文，与此同时，又看似矛盾地呈现出对“东方”诸国之丰饶物种、物质财富和异质文化的迷恋。

在欧洲中世纪制图师和异域志作者笔下，“东方”是个非常宽泛的概念，除了亚洲的全部，包括红海地区在内的非洲众多区域都被归入“东方”。非洲的其余部分虽然被划归为“南方”，在地图铭文和同时代异域志中却被归入广义的“东方”，那里的族裔和物种也被称为“东方人”“东方造物”。

伊西多尔《词源学》12世纪抄本，今藏慕尼黑巴伐利亚州立图书馆

这是中世纪欧洲人视自己居住的西方为世界中心，将其他种族的栖居地向外并向地图边缘推进的结果：越是接近地图边缘，分布的物种就越陌生和反常，怪兽和异形人永远居住在边地。11 至 15 世纪的欧洲地图编绘者将对未知的焦虑和对异域的向往不同程度地投射到自己从未踏足的东方各地，与诸多俗语中世纪异域志（11 世纪古英语作品《东方奇谭》、13 世纪掺杂意大利语的古法语作品《马可·波罗行纪》、14 世纪中古英语作品《约翰·曼德维尔爵士游记》、15 世纪中古英语作品《玛格丽·坎普之书》等）中的文字记载相互映照和补充，构成了一套图文互注、纷纭繁杂、逻辑时而自洽时而矛盾的“东方叙事”。我们不妨以最有代表性的“世界之布”为切入口，用几幅典型地图试论这类东方叙事的部分特征。

二、“世界之布”的界定

并不是所有的欧洲中世纪地图都能自动被归为“世界之布”（mappa mundi）。对这个中世纪拉丁文合成词的最早引征出现在 9 世纪，指字面意义上画在布料上的地图，但该词逐渐演变为对总览性的“世界地图”——相对于仅表现部分地域的“区域地图”（reginal map）——的统称。但中世纪制图师同时使用其他词指称世界地图，比如“真福地图之父”8 世纪西班牙僧侣“有福者列巴拿”（Beatus of Liébana）就使用了“有序之图”（formulae pictura）这个合成词。中世纪其他表示世界地图的词汇还包括图形（forma）、图式（figura）、环图（orbis pictus）、地环之描摹（orbis terrarum descriptio）、世界之图（imago mundi）等。不过，mappa mundi（复数 mappae mundi）仍然是最常用的表示世界地图的词，并逐渐从拉丁语渗入各种中世纪俗语，成为法语 mappemonde（复数 mappemondes）、意大利语 mappemondo（复数 mappemondi）、西班牙语 mapamundi（复数 mapamundis）、英语 mappemounde（复数 mappemoundes）等。乔叟在 14 世纪写作短诗《致罗莎蒙德的谣曲》（“To Rosemounde: A Balade”）时，把诗中求爱对象的脸庞比作地图，用的也是这个词的中古英语版本：

女士，你是一切之美的圣殿

在世界地图圈起的所有地方（As fer as cercled is the mapamounde），

因为你闪耀，如水晶般璀璨，

你圆圆的脸颊有如红宝石。[①]

一张中世纪世界地图要成为完全意义上的“世界之布”，亚历山德罗·斯卡菲认为需要同时满足三个标准。首先，“世界之布”的结构需要遵循串联和邻近法则（contiguity），而非数学和天文法则，地图上地方与地方之间的关系主要是历史性的而非空间性的，“时间和空间只有在文艺复兴之后才被定义为永恒的、普遍的、可以被等值单位丈量和量化的属性。在中世纪……空间是特定地方的成群聚合，而时间是单独事件的总集”。[②] 其次，世界之布上的地理空间是由历史时间定义的，这一中世纪史地观的代表人物是 12 世纪法国神学家圣维克托的休（Hugh of St-Victor），他在《论神秘的诺亚方舟》（*De archa Noe Mystica*）与《论诺亚方舟的道德寓意》（*De Arca Noe Morali*）中指出，上帝对人类的救赎可以由方舟在大洪水上的位移来象征：历史上的帝国王权转移（translatio imperii）和文化传播（translatio studii）在地理上遵循自东向

---

① 参见包慧怡:《中古英语抒情诗的艺术》，上海：华东师范大学出版社，2021 年，第 256—260 页。

② Scafi, Alessandro, “Defining Mappaemundi”，p.347.

西迁移的顺序，先后造就了四大世界帝国：巴比伦、波斯、马其顿（或希腊）、罗马。

休的观点也同中世纪历史观中“六大纪元”的传统相应，根据这一传统，正如上帝用了六天创世，世界历史的六大纪元也分别由一系列《圣经》关键事件代表：创造亚当、挪亚建方舟、亚伯拉罕献子、膏立大卫、巴比伦之囚、基督诞生与受难。我们可以看到在这幅宇宙图景中，时间轴上最后一个纪元的基督受难恰好发生在空间轴上的最后一个帝国罗马疆内，在《赫里福德地图》、《艾布斯多夫地图》或《慕尼黑伊西多尔地图》这类细节丰富的大型“世界之布”上，这种自东向西的时空相续性体现得格外清晰。

斯卡菲提出的第三条标准是：“世界之布”必须是表现历史进程的动态地图，从亚当到基督的族谱在地图各地铺展，同时也呈现福音在全球传播的进程。不难看出，这三条标准其实互相包含和补充，共同指向一种时空一体、历史与地理密不可分且彼此塑造的地图学逻辑。根据这种逻辑，我们将大部分细节丰富的 T-O 地图（T-O map）和真福地图（Beatus map）归入“世界之布”，而中世纪数量众多的带状地图（zonal map）、条形地图（strip map）与区域地图（regional map），以及中世纪晚期带有混合特质的海图（portolan chart）和托勒密式地图（Ptolemaic map）则需要个案个议。

所谓“T-O 地图”是中世纪基督教世界最常见的一种世界地图范式，也是最典型的世界之布，常常直接被称作“T-O 世界之布”（T-O mappamundi）。中世纪早期西班牙大儒、塞维利亚主教伊西多尔在《词源学》（*Etymologiae*）第十四章中写道：“寰宇（orbis）得名自它圆形的周界（rotunditate circuli），因为它如同一个轮子（rota）……因此，环绕土地的大洋被限定在圆圈中，并被分为三部分，一部分叫亚洲，第二部分叫欧洲，第三部分叫非洲。”[①] 和现代读者的误解不同，这段文字描述的不是扁平的世界，而是 T-O 地图的结构范式（只表现北半球，因为南半球被中世纪人认为无人居住），假如这段文字（以及海量中世纪抄本中以 T-O 地图形式出现的对伊西多尔这段文字的图解）能被用来佐证中世纪人相信地球是平的，那么近代以来所有在二维平面上呈现三维球形世界的地图（包括我们引以为傲的任何“科学”地图）都该被视为其制作者相信平面世界的证据了。如我们在约制作于 1130 年、作为伊

① 拙译。19 世纪以来，这段拉丁文常被不正确地用来论证中世纪人相信世界是一个扁平的碟形。事实上，几乎所有文献和图像证据都指向中世纪人始终知道世界是球形的，这甚至从伊西多尔的其他文字以及对伊西多尔作品的插图中也不难判断。

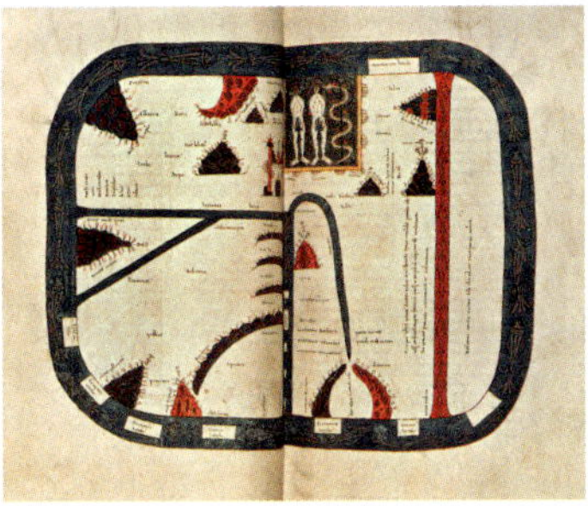

《西洛斯真福地图》，约 1106 年

西多尔文本的插图出现的《慕尼黑伊西多尔地图》上所见：圆形的 O 勾勒出世界的边界，T 的三支分叉则标志着当时欧洲人眼中的三大中心水系（尼罗河、顿河与地中海），同时将世界分作三块；上方的半圆是亚洲，左下与右下的两个四分之一扇面分别是欧洲与非洲，分别成为挪亚三个儿子的后裔的家园——T-O 地图因此也被称作“挪亚式地图”（Noachic map）。作为典型的“世界之布”，《慕尼黑伊西多尔地图》在总体结构上与制作时期更晚的《维切利地图》、《诗篇集地图》、《赫里福德地图》、《艾布斯多夫地图》和《康沃尔公爵领地地图》残片属于同类。

三、作为定位点的“东方”

我们如今早已熟悉了“上北下南，左西右东”的地图模式，而在“T-O”地图上，位于顶端的却是东方（oriens），那里被认为是伊甸园或“人间天堂”（Earthly Paradise）的所在（在中世纪地图学的词汇中，这两个术语可以互换），人类文明诞生之处，历史开始之处。同时，东方也是基督复活后进行末日审判的地方，是尘世看不见的新耶路撒冷（或称“天国耶路撒冷”）的所在地，人类历史终结于西方（occidens），但东方是世俗的时间概念本身终结的地方。鉴于“东方”或“东极”在“世界之布”上既是阿尔法又是欧米伽的特殊地位，orient 这个动词在现代英语中仍被用来表示“定位”（名词 orientation 同理）之动作，“东方”成了中世纪绘图师在地图上确定其余所有方位的基础。位于“世界之布”圆周顶端的伊甸园——人间天堂也往往是整张地图上最显赫的单幅图像之一。

比如在约制作于 1300 年、由三十张山羊皮拼接而成、直径达 3.57 米的《艾布斯多夫地图》（*Ebstorf Map*）上，被矩形边框圈起的伊甸园是一座字面意义上的封闭花园（hortus conclusus），在地图顶端（东方）占据位于制高点的基督头像左下方、太阳之下、“印度”之上的醒目位置，并且底色使用了与基督圣光一样的高饱和度蓝色。由于制作蓝色矿物颜料的青金石须从阿富汗进口，这种正式名称为“群青”（ultramarine,

拉丁文词根字面意为“来自大海彼方”）的蓝是欧洲中世纪抄本上成本最高的色彩，一般仅用于描绘基督和圣母，别名“圣母蓝”。整张“世界之布”上只有伊甸园、基督头像和位于正中的耶路撒冷三处使用了这种高饱和蓝色的平涂。

与多数“世界之布”上的伊甸园倾向于将引诱者（蛇）处理成具有女性特征，或将原罪表现为主要应由夏娃负责不同，《艾布斯多夫地图》上盘绕在分辨善恶之树上的蛇——撒旦生有胡须，虽然他的确将脑袋伸向夏娃的方向，但图像上的亚当与夏娃正以几乎完全对称的肢体姿势各自举起手中的红色果实，没有任何图像信息暗示夏娃应当对亚当的僭越负责。伊甸园画框上方的拉丁铭文同样只言及“这里是先祖夫妇被蛇欺骗的地方”，没有任何归罪夏娃的文字；画面的另一半表现天堂四河。学者们一般认为，《艾布斯多夫地图》由德国北部卢恩堡附近艾布斯多夫修道院（Kloster Ebstorf）的修女们（而非男性僧侣）集体制作，这是否能用来解释它的伊甸园图像中对夏娃更具同情的处理？无论如何，这幅巨型地图的原件已于1943年毁于二战空袭，否则它将是留存至今尺寸最大的“世界之布”。东方之外，基督伸展的双手和八字站立的双足分别位于地图的南端、北端和西端，神圣性统御着

《艾布斯多夫地图》及细节，约 1300 年德国，复制件

世界，世界亦被神圣性周遍；神用自己的身体拥抱着亲手创造的世界，神用自己的身体（corpus）绘就图文一体的“世界”（mundus）这一文本（corpus），我们在艾布斯多夫“世界之布”上见证了制图学意义上的道成肉身。

在世界的东极主持最后审判的庄严基督（Christi Majesti）同样出现在制作时间略早于《艾布斯多夫地图》、直径仅有

《诗篇集地图》，13 世纪英国

9 厘米的《诗篇集地图》(*Psalter Map*，约 1265 年产于伦敦附近）上，却与艾布斯多夫地图存在显著的图像学差异。基督的身体不是像后者那样被安置于 T-O 地图的“O”形边框（Oceanus,“外环海”）的四极，而是以胸像的形式凌驾于寰宇上方，在字面意义上超越了由“世界之布”详尽描摹的尘世的历史与地理，进入救赎论的神秘与超验时空。金箔刷就的基督颅后圣光反衬在深蓝的青金石夜空上，那里缀满三点一簇的白色星群，是对圣三一的共振，也可能是对“世界之布”上已知三大洲的象征，呼应着握在基督左手中的球体：一个红色的 T-O 微型地球，宛如现存最古老地球仪“地球苹果”(Erdapfel)的雏形。[①] 代表东风之神的人面出现在基督正下方、外环海的顶端——典型的 T-O 地图外围会安置十二个方位的风神，合力鼓起腮帮吹动外环海的流动，使得整张“世界之布”形如钟面——他向两端水平对称伸展的眉毛，以及与鼻梁位于同一垂直线上的、口中吐出的舌头 / 风，同样构成了一个类似“T-O”的圆面，加强着“东方”为世界定位甚至划分疆土的信息。东风之神的圆脸紧紧抵住下方的伊甸园——这次

① 由德国地理学家马丁·贝海姆（Martin Behaim）制作于 1492 年。

《赫里福德地图》，
约 1300 年英国

表现在一个几乎等大的圆形画框中，分辨善恶之树从中央对分圆面，两侧分别是亚当与夏娃的半个面孔。尺寸袖珍的《诗篇集地图》的“东方”充满这些圆与圆、三分与三分反复出现并彼此呼应的细节，就连基督的黄金圣光上亦可看出倒置的“T-O”结构，可以说少了“东方”，整张世界之布将失去框架和准轴，在结构和精神意义上变得支离破碎。

T-O 地图的另一个重要定位点位于“O”的圆心，那也是一座真实的东方城市：地上的耶路撒冷，看得见的尘世之城，天国耶路撒冷的一个不完美的预表。虽然绝大多数中世纪欧洲人一辈子都没有去过圣城或亚洲的任何地方，但耶路撒冷作为基督徒的终极精神家园，其象征性的朝圣位置，无论在人们心中还是地图上都不容忽视（常被表现为一座圆形堡垒），随着数次十字军东征的推进越发如此。以现存中世纪欧洲世界地图中尺寸最大的、约绘制于1300年英国的《赫里福德地图》（*Hereford Mappamundi*）为例：在这幅以单张牛犊皮制成的令人惊叹的世界之布上，圣城被画成一座圈起八座高塔的十六雉堞圆形城墙，如一个上帝视角俯瞰下的巨大齿轮，在地图中央为整个尘世传输着驱动力。《以西结书》第五章第五节的文字“这就是耶路撒冷，我曾将它安置在列邦之中，列国都在她的四围”在此获得了可视的形象。《赫里福德地图》上，甚至连耶路撒冷“齿轮”中央的圆孔都清晰可见，14世纪的制图师用某种圆规在兽皮上刻画圣城也是世界的中心，这一动作本身就如对上帝创世的模仿——手持圆规测量或起草世界的“上帝建筑师”也是同时期手抄本中一个有力的形象。

在《赫里福德地图》耶路撒冷的正上方可以看见巴比伦（全地图中最大的建筑），圣维克托的休时空理论中最古老的世界地图在此被“归化”为一座五层楼的中世纪城堡，最高层的塔楼旁边有拉丁文红标“巴别塔”，以及大段概述巴比伦

“上帝建筑师”，《教化圣经》抄本，1220—1230年法国，今藏奥地利国立图书馆

历史的文字。耶路撒冷之下的一切都标志着一场自上而下、在T-O地图上表现为自“东方”向“西方”、从日出到日落的下坠（fall）或堕落（Fall），直到牛皮的最低点。在那里，也就是位于地图西极直布罗陀海峡的“赫拉克勒斯之柱”处，标志着已知世界的西方尽头。根据希腊神话，大力士赫拉克勒斯劈开了阿特拉斯山，使地中海与大西洋汇合，裂开的山岩形成了巨柱，上刻“越过此地什么也没有”——完全吻合休的王权与文化时空迁移理论。同样与之吻合的是，“世界之布”上的欧洲和非洲更多反映制图者同时代的政治、经济、宗教信息（第四个也是最后的“世界帝国”罗马仍以神圣罗马帝国的形式残存），占据上半张地图的亚洲则着重表现往昔（以位于时间起点的伊甸园为代表）与未来（以超出尘世时间之外、发生于天国耶路撒冷的庄严基督之审判为代表）。地图同时成为编年史。像赫里福德“世界之布”这样挂在教堂墙上的地图尺寸庞大，没有比例尺，地理信息远远谈不上精确，绝非可以揣进口袋里当作现实中

朝圣指南的路线图，但它的制作意图和精髓却与对朝圣之旅的激励和启示紧密难分，是神秘主义中分段冥想以期最终达到与神结合这一过程的导航。只不过，根据各自不同的出发地，每位朝圣者必须在迷宫般错综复杂的地图上基于有限的地标，为自己寻找一条通向“东方”和救赎的独一无二的朝圣路。

四、作为群魔乱舞或富庶之地的“东方”

虽然具有至关重要的定位和救赎论意义，中世纪“世界之布”上的东方却也是形形色色的异形人、幻想动物（fantastic animal）和杂交怪兽（hybrid monster）群魔乱舞之地，是制图师安插道听途说的异闻、继承自古书的奇谭和种种诞生于想象的“非正常”生物的地方。这里的“古书”最重要的来源包括普林尼的拉丁文《自然史》、匿名氏希腊文《博物志》、匿名氏拉丁文《怪物之书》、匿名氏《东方奇谭》等——后者分别有拉丁文、古英语、双语对照三份 11、12 世纪手稿存世，对研究英国各地出产的同时期或晚一两个世纪的地图上的怪物尤其有参照价值。像《赫里福德地图》和《诗篇集地图》这样的

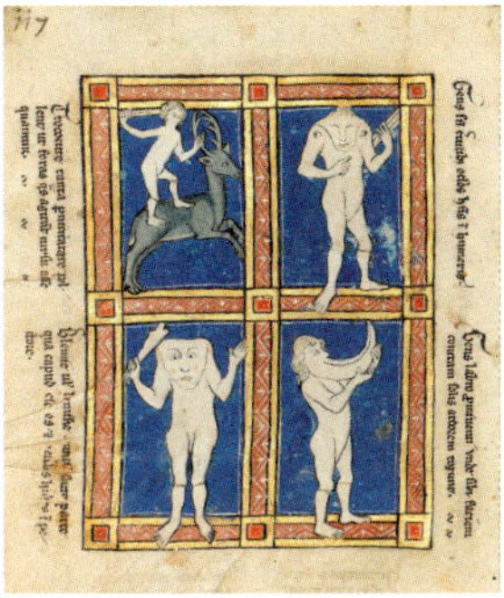

普林尼式异形人，13 世纪动物寓言集抄本

“世界之布”边缘的怪异种族在图像学上也被称作“东方奇谭”或“东方奇观”（Wonders of the East）。单举异形人来说，东方大地上最常出现的有扇耳人（Panotti）、狗头人（Cynocephali）、伞足人（Sciapod）、无头人（Blemmyae）、穴居人（Troglodytes）、无口人（Astomi）、反足人（Antipodes）等，图像旁通常有标明其名称和寓意的拉丁语铭文，这些地图铭文常能与同时代异域志或奇迹文学中对异形人的文字描述构成有趣的互文。

比如《东方奇谭》古英语本对扇耳人有如下描述：“从那里向东有个地方，人们出生时高十五尺，宽十尺。他们有巨大的脑袋和形如扇子的耳朵。夜里，他们把一只耳朵铺在身下，用另一只耳朵裹住自己。他们的耳朵非常轻，身体洁白如牛奶。如果他们在那土地上见到任何人，就会把耳朵捧在手里，脚底开溜，速度快到人们以为他们在飞行。”[1] 描述无头人则是“生

① 本文《东方奇谭》文本均由作者从古英语译出，底本为 Andy Orchard, *Pride and Prodigy: Studies in the Monsters of the Beowulf-Manuscript*, Cambridge: D.S.Brewser, 1995, pp.185—203。

来没有头，他们的眼睛和嘴长在胸前，身高八尺，宽亦有八尺”，对照地图上的视觉表达，活脱脱像《山海经》中“刑天”的形象。同样被归入“东方”，那些位于非洲（实际地理位置为欧洲以南）的异形人常被刻画为道德上更加可疑乃至邪恶的种族，往往被冠以黑色或深色皮肤，甚至被《东方奇谭》的作者直接叫作“敌人”：“不列颠河的东岸有一种又高又大的人，他们的脚和身子有十二尺长，胁腹加胸则有七尺长。他们肤色深暗，被称作敌人。他们一抓住什么人就会一口吞下。”《东方奇谭》对亚洲居民的态度却毁誉参半，亚洲的东方诸国常被描述成地大物博的富庶之地，但其财富往往被同罪恶（贪婪、傲慢等）联系在一起，即使亚洲也被相信是神恩、福祉和最终救赎所系之地。这些错综复杂的态度也反映在地图和异域志对东方动物以及怪兽的刻画中，比如《东方奇谭》中就记录了贪财的人类从幻想动物“掘金蚁”那儿攫取财富的传说：“这里的红黑两色的蚂蚁与狗同大，脚像蚱蜢。夜幕降临至第五点钟，这些蚂蚁从地下挖金子。那些淘金的人带

扇耳人，《东方奇谭》11 世纪提贝里乌斯抄本，今藏大英图书馆

着公骆驼、母骆驼、小骆驼前来。他们在过河前先把小骆驼拴好，把金子捆在母骆驼背上并骑上母骆驼，把公骆驼留下。于是蚂蚁发现并攻击了公骆驼，他们就趁机带着母骆驼和金子过河。”

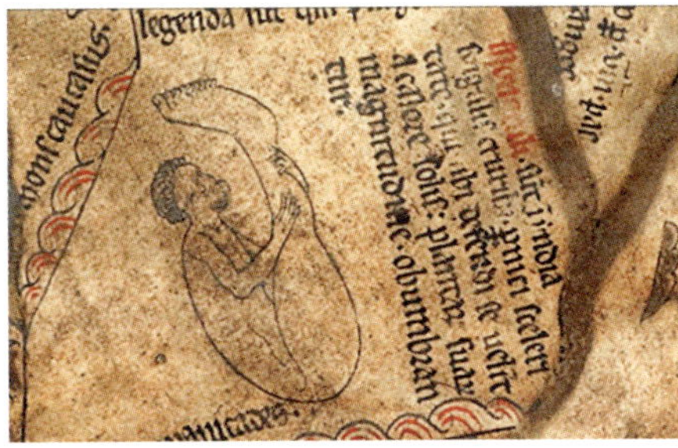

《赫里福德地图》上的伞足人

这些逡巡在地图边缘的或走，或跳，或尖叫的异形人和怪兽，不仅折射出中世纪欧洲人西方本位的优越感和对未知疆域的恐惧和焦虑，也意欲向其读者传递基督教末世论的威胁：如果上帝可以让一些人生出狗头、双耳垂地、五官生在腹背，那么他当然也可以使恶人在地狱遭受更恐怖的扭曲和折磨。想象中东方的奇异种族在基督教中心主义视角下成了活生生的道德教科书。奥古斯丁在《驳异端》中将“怪物”的词源追溯至拉丁文动词 monstrare（“展示”）：“对我们来说，这些被称作怪物、符号、征兆、奇人的事物，应当起到示例、指示、表征、预言的作用，让我们看到上帝将会如其所预示的那样对待人的身体，没有任何困难能阻止祂，没有任何自然法则能对祂发号施令。”[①] 伊西多尔则在《词源学》第十一卷《论异兆》（*De Portentis*）中将怪物的词源追溯至拉丁文动词“警告”（monere）：“‘怪物’（monstra）得名于‘警示’（monitus），因为它们指出……很快就要发生的事……因为上帝时不时想要通过新生造物中的某种缺陷，来预告即将发生之事。”[②] 这两种解释很可能都代表了中世纪平信徒（尤其是不识字只识图的俗众）凝视“世界之布”边缘的疯狂生物时的典型反应。地图上这些“人间失格”的东方族裔于是成了劝人行善的一种“死亡提醒”，体现着中世纪人对故乡与别处、本族与他者的区分，

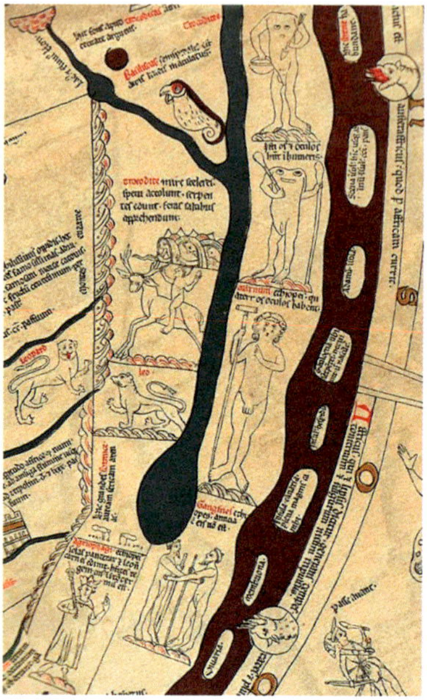

《赫里福德地图》边缘非洲地区相对“静止”的无头人

① Asa Simon Mittman, *Maps and Monsters in Medieval England*, New York and London: Routledge, 2006, p. 105.

② John B.Friedman, *The Monstrous Races in Medieval Art and Thought*, New York: Syracuse University Press, 2000, p. 112.

也折射出他们对自身主体性认同的焦虑：毕竟这些异形人可能只是身体局部部件发生错位、冗余、缺失或扭曲的他们自己。乔装成“他者”的怪物向中世纪地图的阅读者举起一面镜子，邀请他观看其身上他无法全然说出的那部分自我。《赫里福德地图》上在东方各地游荡的怪物，位置越逼近欧洲，其形貌就越令人警觉，构图也被制图师表现得更为动态，越常与周边的图文发生互动：当群魔及其所象征的不祥与怪异——两者都可以在观图者自己身上辨认出——离开“世界之布”的边缘而走向中心地带，他们也愈发迫切地要求观图者具备见己如他的客观性：看看我们，然后更好地“认识你自己”。

初次发表刊物信息

1.《集合吧！动物寓言集》，载《读书》2020 年第 9 期，发表时标题为《虚实之间的中世纪动物寓言集》。

2.《“护书诅咒”与乔叟的誊抄工》，载《读书》2020 年第 3 期，发表时标题为《中世纪“护书诅咒”与乔叟的誊抄工》。

3.《文之危，海之险：古盎格鲁－撒克逊人的海洋想象》，载《读书》2021 年第 11 期。

4.《傲慢与东方：〈贝奥武甫〉手稿中的亚历山大传奇》，载《读书》2021 年第 7 期。

5.《鳄鱼城、错花园、树篱阵：寻路迷宫中》，载《书城》2023 年第 3 期，发表时标题为《寻路迷宫中：从中世纪到文艺复兴》。

6.《数数彩虹：中世纪的视觉》，部分载《澎湃·思想市场》，2015 年 10 月 12 日，发表时标题为《中世纪的彩虹有多少种颜色》。

7.《布谷、钟楼、鲁特琴：中世纪的听觉与音景》，部分载《文汇报·学人》，2023 年 4 月 23 日。

8.《“把你的毛孔堵上”：中世纪的嗅觉》，载《澎湃·思想市场》，2015 年 5 月 6 日，发表时标题为《中世纪人为何不爱洗澡》。

9.《自“尝”到“言”：中世纪的味觉》，载《随笔》2023 年第 4 期。

10.《轻抚神圣：〈高文爵士与绿骑士〉中的触觉表述》，载《外国文学研究》2018 年第 3 期，发表时标题为《中世纪文学中的触觉表述：〈高文爵士与绿骑士〉及其他文本》。

11.《“乐土”画史：画框内外的“幸福空间”》，载《澎湃·思想市场》，2023 年 3 月 2 日，发表时标题为《画框内外的“幸福空间”：上博“英国国家美术馆珍藏展”观展记》。

12.《用诗歌准备终途：中古英语死亡抒情诗》，载《外国文学》2018 年第 3 期，发表时标题为《中古英语文学中的“死亡抒情诗”主题解析》。

13.《“神仙吵架”：中古英语“情诗信”及其镜像》，载《欧洲古典与中世纪文学研究》创刊号（2019 年），发表时标题为《〈致我真挚有力的恋人〉：中古英语“情诗信”及其镜像诗》。

14.《中世纪正义的多棱镜：〈亚瑟王之死〉》，载《上海文化》2011 年第 6 期，发表时标题为《〈亚瑟王之死〉与正义的维度》。

15.《描摹东方：“世界之布”上的异域书写》，载《世界美术》2022 年第 2 期，发表时标题为《描摹东方：中世纪“世纪之布”上的异域想象》。

参考文献

第一辑

Alexander, Dominic. *Saints and Animals in the Middle Ages.* Woodbridge: Boydell, 2008.

Augustine. *City of God*. Vol. VII (Loeb Classical Library 417). Ed. and trans., William Chase Green. Cambridge, MA: Harvard University Press, 1959.

Balme, D. M., trans. *Aristotle, History of Animals, Books VII-X.* Cambridge, MA: Harvard University Press, 1991.

Barber, Richard, trans. *Bestiary: Being an English Version of the Bodleian Library, Oxford, MS Bodley 764.* Woodbridge: Boydell, 1999.

Baxter, Ronald. *Bestiaries and Their Users in the Middle Ages.* Stroud: Sutton Publishing, 1998.

Benson, Larry D., ed. *The Riverside Chaucer*, 3rd ed. Oxford: Oxford University Press, 2008.

Benton, J. R. *The Medieval Menagerie: Animals in the Art of the Middle Ages.* New York: Abbeville Press, 1002.

Beowulf, with the Finnesburg Fragments. Eds. C. L. Wrenn and W. F. Bolton. Exeter: University of Exeter Press, 1988.

Bradley, S. A. J., trans. and ed. *Anglo-Saxon Poetry.* London: Everyman, 1995.

Brynteson, William E. "*Beowulf*, Monsters, and Manuscripts: Classical

Associations." *Res Publica Litterarum* 5 (1982): 41–57.

Burrow, J. A. *Medieval Writers and Their Work.* Oxford: Oxford University Press, 2007.

Butturff, Douglas Rolla. *The Monsters and The Scholar: An Edition and Critical Study of the 'Liber Monstrorum.'* (Ph.D. dissertation) University of Illinois at Urbana-Champaign, 1968.

Camille, Michael. *Image on the Edge: The Margins of Medieval Art*. London: Reaktion, 1992.

Chance, Jane. "Chaucerian Irony in the Verse Epistles: 'Wordes Unto Adam', 'Lenvoy a Scogan' and 'Lenvoy a Bukton'." *Papers on Language and Literature* 21 (1985): 115–129.

Chaucer, Geoffery. *Dream Visions and Other Poems.* Ed. Kathryn L. Lynch. London: W. W. Norton & Company, 2006.

Clark, W. B., trans. *The Medieval Book of Birds: Hugh of Fouilloy's Avarium*. Birmingham: Medieval and Renaissance Texts and Studies, 1992.

—. *A Medieval Book of Beasts: The Second-Family Bestiary.* Woodbridge: Boydell, 2006.

Cohen, Esther. "Animals in Medieval Perceptions: The Image of the Ubiquitous Other." *Animals and Human Society: Changing Perspectives*. Eds. Aubrey Manning and James Serpell, New York : Routledge, 1994.

Colgrave, Bertram and R. A. B. Mynors, eds. *Bede's Ecclesiastical History of the English People.* Oxford: Clarendon Press, 1969.

Drogin, Marc. *Anathema! Medieval Scribes and the History of Book Curses*. Totowa, NJ: Allanheld & Schram, 1983.

Friedman, John B. *The Monstrous Races in Medieval Art and Thought*. New York: Syracuse University Press, 2000.

Greenblatt, Stephen, et al., eds. *The Norton Shakespeare.* 3rd ed. London: W. W. Norton & Company, 2015.

Hall, Alaric. "The Images and Structure of *The Wife's Lament.*" *Leeds Studies in English*, NS 33 (2002): 1–29.

Howe, Nicholas. *Writing the Map of Anglo-Saxon England: Essays in Cultural Geography*. New Haven and London: Yale University Press, 2008.

Hume, Kathryn. "The Conception of the Hall in Old English Poetry." *Anglo-Saxon England* 3 (1974): 63–74.

Jerome, Jerome K. and Jeremy Lewis. *Three Men in a Boat: To Say Nothing of the Dog!* and *Three Men on the Bummel*. London: Penguin Books, 1999.

Jones, Richard. *The Medieval Natural World.* Edinburgh: Pearson, 2013.

Lapidge, Michael and James L. Rosier, trans. *Aldhelm: The Poetic Works.* Woodbridge: D. S. Brewer, 1985.

Lovejoy, A. O. *The Great Chain of Being: The Study of the History of an Idea.* Cambridge, MA: Harvard University Press, 1976.

Malone, Kemp, ed. *The Nowell Codex: British Museum Cotton Vitellius A. XV Second MS* (Early English Manuscripts in Facsimile, 12). Copenhagen: Rosenkilde and Bagger, 1963.

Marcus, R., trans. *Philo, On the Creation; Allegorical Interpretation.* Cambridge, MA: Harvard University Press, 1987.

Marsden, Richard, ed. *The Cambridge Old English Reader.* Cambridge: Cambridge University Press, 2004.

Matthews, M. H. *Mazes and Labyrinths: Their History and Development.* New York: Dover, 1970.

McLean, Teresa. *Medieval English Gardens*. New York: Dover, 2014.

Mooney, Linne. "Chaucer's Scribe." *Speculum* 81 (2006): 97–138.

O'Connell, Brendan. " 'Adam Scriveyn' and the Falsifiers of Dante's 'Inferno': A New Interpretation of Chaucer's 'Wordes'." *The Chaucer Review* 40 (2005): 39–57.

Olson, Glending. "Author, Scribe, and Curse: The Genre of Adam Scriveyn." *The Chaucer Review* 42 (2008): 284–297.

Orchard, Andy. *Pride and Prodigies: Studies in the Monsters of the* Beowulf-*Manuscript*. Cambridge: D. S. Brewer, 1995.

Pearsall, D. A., ed. *The Floure and the Leafe and The Assembly of Ladies*. London and Edinburgh: Thomas Nelson, 1962; rpt. Manchester: Manchester University Press, 1980.

Resl, Brigitte, ed. *A Cultural History of Animals in the Medieval Age*. Oxford: Berg, 2007.

Salisbury, J. E. "Human Beasts and Bestial Humans in the Middle Ages." *Becoming Beast*. Eds. Jennifer Ham and Matthew Senior, New York: Routledge, 1996.

—. *The Beasts Within: Animals in the Middle Ages*, 2nd ed. New York: Routledge, 2010.

Sisam, Kenneth. *Studies in the History of Old English Literature*. Oxford: Clarendon Press, 1953.

Skeat, W. W., ed. *Chaucerian and Other Pieces* (Vol. VII of *The Works of Chaucer*). Oxford: Oxford University Press, 1897.

Swanton, Michael, ed. *The Anglo-Saxon Chronicle*. New York: Routledge, 1996.

White, T. H., trans. *The Book of Beasts Being a Translation from a Latin Bestiary of the Twelfth Century*. London: Jonathan Cape, 1954.

Yi-Fu, Tuan. *Topophilia: A Study of Environmental Perception, Attitudes, and Values*. New York: Columbia University Press, 1990.

博尔赫斯《博尔赫斯小说集》，王永年、陈泉译，杭州：浙江文艺出版社，2005 年。

亨利·艾略特《迷宫之谜》，李迪迪译，北京：中信出版集团，2019 年。

帕斯图罗·米歇尔《中世纪动物图鉴》，王烈译，上海：上海社会科学院出版社，2020 年。

让–佛朗索瓦·马特《柏拉图与神话之镜：从黄金时代到大西岛》，吴雅凌译，上海：华东师范大学出版社，2008 年。

圣地亚哥·贝鲁埃特《花园里的哲学》，李晓伟译，北京：北京联合出版公司，2019 年。

《圣经(简化字现代标点和合本)》，南京：中国基督教协会，2004 年。

威廉·莎士比亚《莎士比亚全集》，朱生豪、绿原译，北京：人民文学出版社，2014 年。

希罗多德《历史》(上册)，王以铸译，北京：商务印书馆，2005 年。

第二辑

Alan of Lille. *The Plainte of Nature.* Trans. James J. Sheridan. Toronto: Pontifical Institute of Medieval Studies, 1980.

Ambrosio, Francis J. *Dante and Derrida: Face to Face.* Albany: State University of New York Press, 2007.

Andrew, Malcolm, and Ronald Waldron, eds. *The Poems of the Pearl Manuscript: Pearl, Cleanness, Patience, Sir Gawain and the Green Knight*, 5th ed. Exeter: University of Exeter Press, 2007.

Auerbach, Erich. *Mimesis: The Representation of Reality in Western Literature.* Trans. Willard R. Trask. Princeton: Princeton University Press, 1953.

Benson, Larry D., ed. *The Riverside Chaucer*, 3rd ed. Oxford: Oxford University Press, 2008.

Bernard of Clairvaux. *Bernard of Clairvaux, Selected Works.* Trans. G. R. Evans. New York: Paulist Press, 1987.

Biernoff, Suzannah. *Sight and Embodiment in the Middle Ages.* Houndmills:

Palgrave Macmillan, 2002.

Black, Maggie. *The Medieval Cookbook: 50 Authentic Recipes, Translated and Adapted for the Modern Cook.* 2nd ed. London: British Museum, 2012.

Bloomfield, Morton. *The Seven Deadly Sins: An Introduction to the History of a Religious Concept, with Special Reference to Medieval English Literature.* Michigan: State College Press, 1952.

Burrow, J. A. *Gestures and Looks in Medieval Narrative*. Cambridge: Cambridge University Press, 2002.

—. *Ricardian Poetry: Chaucer, Gower, Langland and The "Gawain" Poet.* London: Routledge & Kegan Paul, 1971.

Bynum, Caroline. *Holy Feast and Holy Fast: The Religious Significance of Food to Medieval Women.* Berkeley: University of California Press, 1987.

Camille, Michael. "Before the Gaze: The Internal Senses and Late Medieval Practices of Seeing." *Visuality before and beyond the Renaissance: Seeing as Others Saw*. Ed. Robert Nelson. Cambridge: Cambridge University Press, 2000.

Chaucer, Geoffery. *Dream Visions and Other Poems.* Ed. Kathryn L. Lynch. London: W. W. Norton & Company, 2006.

Chenu, M. D. *Nature, Man, and Society in the Twelfth Century: Essay on New Theological Perspectives in the Latin West*. Trans. Jerome Taylor and Lester K. Little. Chicago: University of Chicago Press, 1968.

Classen, Constance, David Howes and Anthony Synnott. *Aroma: The Cultural History of Smell*. London: Routledge, 1994.

Cline, R. H. "Heart and Eyes." *Romance Philology* 25.2 (1971): 263–97.

Dante, Alighieri. *The Divine Comedy.* Trans. Allen Mandelbaum. New York: Bantam, 1984.

Furvivall, Frederick James and Edith Rickert. *The Babees' Book: Medieval*

Manners for the Young. London: Chatto and Windus, 1908.

Goering, Joseph, and F. A. C. Mantello. "The 'Perambulauit Iudas...' Attributed to Robert Grosseteste." *Revue Bénédictine* 96 (1986): 125–68.

Goering, Joseph. "The *De Dotibus* of Robert Grosseteste." *Medieval Studies* 44 (1982): 83–109.

Hirsh, John, ed. *Medieval Lyrics: Middle English Lyrics, Ballads and Carols.* Oxford: Blackwell Publishing, 2005.

Howes, Laura L. "Introduction." *Sir Gawain and the Green Knight.* Eds. Marie Borroff and Laura Howes. New York: W. W. Norton & Company, 2010.

Huiyi, Bao. *Shaping the Divine: The* Pearl-*Poet and the Medieval Sensorium.* Shanghai: Shanghai Academy of Social Science Press, 2018.

Ker, K. P. *Epic and Romance: Essays on Medieval Literature.* New York: Dover, 1957.

Langland, William. *Piers Plowman: A Norton Critical Edition.* Eds. Elizabeth Robertson and Stephen H. A. Shepherd. London: W. W. Norton & Company, 2006.

Le Goff, Jacques. "Merchant's time and Church's time in the Middle Ages." *Time, Work, and Culture in the Middle Ages*. Trans. A. Goldhammer. Chicago: University of Chicago Press, 1980.

—. *The Medieval Imagination*. Trans. A. Goldhammer. Chicago: University of Chicago Press, 1992.

Luria, Maxwell and Richard Hoffman, eds. *Middle English Lyrics.* New York: W. W. Norton & Company, 1974.

Lynch, Kathryn. *The High Medieval Dream Vision: Poetry, Philosophy, and Literary Form*. Redwood City, CA: Stanford University Press, 1988.

McGinn, Bernard. *The Growth of Mysticism: Gregory the Great through the 12th Century*. New York: Crossroad, 1994.

Merleau-Ponty, Maurice. *L'Œil et l'esprit*. Paris: Gallimard, 1961.

Middle English Dictionary <https://quod.lib.umich.edu/m/middle-english-dictionary/dictionary>.

Moorman, Charles. *The Works of the Gawain-Poet*. Jackson: University Press of Mississippi, 1977.

Nancy, Jean-Luc. *Corpus*. Trans. Richard A. Rand. New York: Fordham University Press, 2008.

—. *Noli Me Tangere: On the Raising of the Body*. Trans. Sarah Clift, Pascale-Anne Brault and Michael Naas. New York: Fordham University Press, 2008.

Newhauser, Richard, ed. *A Cultural History of the Senses in the Middle Ages*. London: Bloomsbury, 2014.

Nichols, Stephen G. et al., eds. *Rethinking the Medieval Senses: Heritage, Fascinations, Frames*. Baltimore: Johns Hopkins University Press, 2008.

Princeton Dante Project <https://dante.princeton.edu/index.html>.

Russell, Stephen J. *The English Dream Vision: Anatomy of a Form*. Columbus: Ohio State University Press, 1988.

Stanbury, Sarah. *Seeing the Gawain-Poet: Description and the Act of Perception*. Philadelphia: University of Pennsylvania Press, 1991.

Vance, Eugene. "Seeing God: Augustine, Sensation, and the Mind's Eye." *Rethinking the Medieval Senses: Heritage, Fascinations, Frames*. Eds. Stephen Nichols, et al. Baltimore: Johns Hopkins University Press, 2008.

Watson, Nicholas. "Censorship and Cultural Change in the Late-Medieval England: Vernacular Theology, the Oxford Debate, and Arundel's Constitutions of 1409." *Speculum* 70.4 (1995): 822–64.

Westrem, Scott D. *The Hereford Map: A Transcription and Translation of the Legends with Commentary*. Turnhout: Brepols, 2001.

Williamson, Beth. "Sensory Experience in Medieval Devotion: Sound and Vision, Invisibility and Silence." *Speculum* 88.1 (2013): 1–43.

Woolgar, C. M. *The Senses in Late Medieval England*. New Haven: Yale University Press, 2006.

阿兰·科尔班《沉默史：从文艺复兴到现在》，胡陈尧译，南京：南京大学出版社，2021 年。

包慧怡《镜迷宫：莎士比亚十四行诗的世界》，上海：华东师范大学出版社，2023 年。

包慧怡《中古英语抒情诗的艺术》，上海：华东师范大学出版社，2021 年。

保罗·克洛岱尔《以目代耳》，罗新璋译，桂林：广西师范大学出版社，2020 年。

但丁·阿利吉耶里《神曲》，黄文捷译，南京：译林出版社，2021 年。

汉内莱·克莱梅蒂娜《中世纪厨房：一部食谱社会史》，欧阳谨译，上海：上海社会科学院出版社，2021 年。

杰克·哈特内尔《中世纪的身体》，徐仕美译，桂林：广西师范大学出版社，2022 年。

露西·沃斯利《如果房子会说话：一部家的秘密历史》，林俊宏译，北京：中信出版集团，2015 年。

《圣经（简化字现代标点和合本）》，南京：中国基督教协会，2004 年。

威廉·莎士比亚《莎士比亚全集》，朱生豪、绿原译，北京：人民文学出版社，2014 年。

威廉·莎士比亚《莎士比亚十四行诗》，梁宗岱译，上海：华东师范大学出版社，2016 年。

第三辑

Aeschylus. *Oresteia* (Loeb Classical Library No. 146). Ed. and trans. H. Lloyd-Jones. Cambridge, MA: Harvard University Press, 1960.

Andrew, Malcolm, and Ronald Waldron, eds. *The Poems of the Pearl Manuscript: Pearl, Cleanness, Patience, Sir Gawain and the Green Knight*. 5th ed. Exeter: University of Exeter Press, 2007.

Arasse, Daniel. *Les visions de Raphaël.* Paris: Liana Levi, 2003.

Bachlard, Gaston. *La poétique de l'espace.* Paris: Presses Universitaires de France, 1957.

Baines, Keith, trans. *Le Morte d'Arthur*. New York: Signet Classic, 2001.

Beatus of Liébana. *Commentarius in Apocalypsin*, 2 vols. Ed. Eugenio Romero-Pose. Rome: Istituto Poligrafico e ZeccadelloStato, 1985.

Benedictow, Ole J. *The Black Death 1346–1353: The Complete History*. Woodbridge: Boydell, 2004.

Boase, Roger. "Courtly Love." *Dictionary of the Middle Ages,* Vol. 3. New York: American Council of Learned Societies, 1986.

Brotton, Jerry. *A History of the World in Twelve Maps*. London: Penguin, 2012.

Brown, Carleton, ed. *English Lyrics of the XIIIth Century.* Oxford: Clarendon Press, 1932.

Camargo, Martin. *The Middle English Verse Love Epistle*. Tubingen: Niemeyer, 1991.

Capellanus, Andreas. *The Art of Courtly Love*. New York: Columbia University Press, 1964.

Cooper, Helen. *The English Romance in Time: Transforming Motifs from Geoffrey of Monmouth to the Death of Shakespeare.* Oxford: Oxford

University Press, 2004.

Curtius, Ernst R. *European Literature and the Latin Middle Ages*. Trans. Willard Trask R. Princeton: Princeton University Press, 1991.

Davies, R. T., ed. *Middle English Lyrics: A Critical Anthology*. London: Faber and Faber, 1964.

Dobson, E. J., ed. *The English Text of the Ancrene Riwle: Edited from British Museum Cotton MS. Cleopatra C.vi.* (EETS 267), Oxford: Oxford University Press, 1972.

Donaldson, Talbot E. *Speaking of Chaucer*. New York: Norton, 1970.

Duncun, Thomas, ed. *Late Medieval English Lyrics and Carols, 1400–1530*. Harmondsworth: Penguin, 2000.

—. ed. *Medieval English Lyrics, 1200–1400*. Harmondsworth: Penguin, 1995.

Fletcher, Alan J. "The Lyric in the Sermon." *A Companion to Middle English Lyrics*. Ed. Thomas G. Duncun. Cambridge: D. S. Brewer, 2005.

Friedman, John B. *The Monstrous Races in Medieval Art and Thought*. New York: Syracuse University Press, 2000.

Gillespie, Vincent. "Moral and Penitential Lyrics." *A Companion to Middle English Lyrics*. Ed. Thomas G. Duncun. Cambridge: D. S. Brewer, 2005.

Goering, Joseph and F. A. C. Mantello, "The 'Perambulauit Iudas...' Attributed to Robert Grosseteste." *Revue Bénédictine* 96 (1986): 125–68.

Gragnolati, Manuele. "Body and Pain in Bonvesin da la Riva's Book of the Three Scriptures." *Last Things: Death and the Apocalypse in the Middle Ages*. Eds. Caroline Walker Bynum and Paul Freedman. Philadelphia: University of Pennsylvania Press, 2000.

Graves, Robert. "Introduction." *Le Morte d'Arthur*. Trans. Keith Baines. New York: Signet Classic, 2001.

Harvey, P. D. A., ed. *The Hereford World Map: Medieval World Maps and*

Their Context. London: British Library, 2006.

Hesiod. *Theogony* (Loeb Classical Library No. 57). Ed. and trans. Glenn W. Most. Cambridge, MA: Harvard University Press, 2006.

Hippocrates. *Hippocratic Writing.* Trans. J. Chadwick and W. N. Mann. Ed. G. E. R. Lloyd. London: Penguin, 1983.

Hirsh, John, ed. *Medieval Lyrics: Middle English Lyrics, Ballads and Carols.* Oxford: Blackwell, 2005.

Hoogvliet, Margriet. "The Mystery of the Makers: Did Nuns Make the Ebstorf Map?" *Mercator's World* 6(1996): 16–21.

Hugh of Saint-Vitor. "De arca Noe morali", "De arca Noe mystica." *Hugonis de S. Victorecanoniciregularis S. Voctorisparisiensis, tum pietate, tum doctrina insignis opera omnia*. Ed. J. P. Migne (*Patrologiae cursus completus*, Latin series, 175–77). Paris, 1854.

Lewis, C. S. *The Allegory of Love: A Study in Medieval Tradition*. Oxford: Oxford University Press, 1985.

Lewis-Jones, Huw, ed. *The Writer's Map: An Atlas of Imaginary Lands*. London: Thames and Hudson, 2018.

Lukács, György. *The Theory of the Novel*. Trans. Anna Bostock. Cambridge, MA: MIT Press, 1971.

Luria, Maxwell and Richard Hoffman, eds. *Middle English Lyrics.* New York: Norton, 1974.

Lynch, Kathryn. *The High Medieval Dream Vision: Poetry, Philosophy, and Literary Form*. Redwood City, CA: Stanford University Press, 1988.

Marsden, Richard, ed. *The Cambridge Old English Reader.* Cambridge: Cambridge University Press, 2004.

Matsuda, Takami. *Death and Purgatory in Middle English Didactic Poetry.* Cambridge: D. S. Brewer, 1997.

Millett, E. J. Bella, ed. *Ancrene Wisse, A Corrected Edition of the Text in Cambridge, Corpus Christi College, MS 402, with Variants from Other*

Manuscripts (EETS 325). Oxford: Oxford University Press, 2005.

Mittman, Asa Simon. *Maps and Monsters in Medieval England*. New York and London: Routledge, 2006.

Moore, John C. "Courtly Love: A Problem of Terminology." *Journal of the History of Ideas* 40.4(1979): 621–632.

Moorman, Charles. "Malory's Treatment of the Sankgreall." *Publications of the Modern Language Association of America*, 71.3 (1956): 496–509.

—. "Courtly Love in Malory." *English Literary History* 27. 3 (1960): 163–176.

Newman, Francis X., ed. *The Meaning of Courtly Love*. New York: State University of New York Press, 1968.

Oliver, Raymond. *Poems Without Names: The English Lyric 1200–1500*. Berkeley: University of California Press, 1970.

Orchard, Andy. *Pride and Prodigy: Studies in the Monsters of the* Beowulf-*Manuscript*. Cambridge: D. S. Brewer, 1995.

Parins, Marylyn. *Sir Thomas Malory: The Critical Heritage*. London & New York: Routledge, 1987.

Robbins, Rossel Hope, ed. *Secular Lyrics of the XIVth and XVth Centuries*. 2nd ed. Oxford: Clarendon Press, 1955.

Robert Mcfarlane, "Off the Grid: Treasured Islands", in Huw Lewis-Jones ed., *The Writer's Map*, pp.94–101.

Robertson, D. W., Jr. *A Preface to Chaucer: Studies in Medieval Perspectives*. Princeton: Princeton University Press, 1962.

Scafi, Alessandro. "Defining Mappaemundi." *The Hereford World Map*. Ed. P. D. A. Harvey. London: British Library, 2006.

Shippey, T. A. *Poems of Wisdom and Learning in Old English*. Cambridge: Boydell & Brewer, 1976.

Simek, Rodulf. "The Shape of the Earth in the Middle Ages and Medieval Mappaemundi." *The Hereford World Map*. Ed. P. D. A. Harvey.

London: British Library, 2006.

Spearing, A. C. *Medieval Dream Poetry*. Cambridge: Cambridge University Press, 1976.

Stone, Brian, trans. *Sir Gawain and the Green Knight*. London: Penguin Books, 1959.

The National Gallery, London ⟨https://www.nationalgallery.org.uk⟩.

Thorpe, Lewis, "Introduction." *The History of the Kings of Britain.* Trans. Lewis Thorpe. Harmondsworth: Penguin Books, 1966.

Tolkien, J. R. R., ed. *Ancrene Wisse: Edited from MS. Corpus Christi College Cambridge 402* (EETS OS 249). London: Oxford University Press, 1962.

Tuchman, Barbara Wertheim. *A Distant Mirror: The Calamitous Fourteenth Century*. New York: Knopf, 1978.

Vinaver, Eugène, ed. *The Works of Sir Thomas Malory*. 3 vols. Oxford: Oxford University Press, 1947.

Wenzel, Siegfried. *Preachers, Poets and the Early English Lyrics.* Princeton: Princeton University Press, 1986.

Wilson, Edward. *A Descriptive Index of the English Lyrics in John of Grimestone's Preaching Book.* Oxford: Blackwell, 1973.

Woolf, Rosemary. *The English Religious Lyric in the Middle Ages.* Oxford: Clarendon Press, 1968.

阿拉斯戴尔·麦金太尔《追寻美德：伦理理论研究》，宋继杰译，南京：译林出版社，2003 年。

奥维德《变形记》，杨周翰译，上海：上海人民出版社，1984 年。

包慧怡《缮写室》，上海：华东师范大学出版社，2018 年。

包慧怡《中古英语抒情诗的艺术》，上海：华东师范大学出版社，2021 年。

达尼埃尔·阿拉斯《拉斐尔的异象灵见》，李军译，北京：北京大学出版社，2014 年。

达尼埃尔·亚历山大-比东《中世纪有关死亡的生活：13—16世纪》，陈劼译，济南：山东画报出版社，2005年。

加埃坦·皮康《1863，现代绘画的诞生》，周皓译，北京：生活·读书·新知三联书店，2021年。

加斯东·巴什拉《空间的诗学》，张逸婧译，上海：上海译文出版社，2013年。

让-吕克·南希《肖像画的凝视》，简燕宽译，桂林：漓江出版社，2015年。

施耐庵《水浒传》，北京：中华书局，2009年。

约翰·赫伊津哈《中世纪的秋天：14世纪和15世纪法国与荷兰的生活、思想与艺术》，何道宽译，桂林：广西师范大学出版社，2008年。

约翰·罗尔斯《正义论》，何怀宏、何包钢、廖申白译，北京：中国社会科学出版社，2009年。